MICHAEL  D0664662

Né en 1959, Michael Delisle s'est d'abord fait connaître comme poète. Il est l'auteur de plusieurs recueils de poésie, dont *Fontainebleau* pour lequel il reçoit en 1987 le Prix Émile-Nelligan décerné à un poète de moins de 35 ans. Il signe en 1989 un premier roman très remarqué, *Drame privé*, d'abord paru aux Herbes rouges, à Montréal, puis chez P.O.L, à Paris. L'importance de son talent de prosateur est confirmée par la publication en 1995 de son recueil de nouvelles, *Helen avec un secret*, suivi des romans *Le désarroi du matelot* en 1998 et *Dée* en 2002, puis du recueil *Le sort de Fille* en 2005, tous parus chez Leméac Éditeur. Michael Delisle enseigne la littérature et vit à Montréal.

DÉE

Laissée à elle-même, une fillette passe ses journées au dépotoir à chercher des carcasses de chiens errants. Dans la banlieue des années 1950, juste avant l'avènement des maisons riches et propres, la vie ne lui propose rien d'autre. À quinze ans, elle tombe enceinte. On la marie tout de suite et on lui achète une de ces maisons de rêve. Et on l'abandonne de nouveau. Seule dans son bungalow tout neuf, elle s'ennuie. Jusqu'à ce qu'elle remarque le camelot… Roman cru, déchirant, *Dée* établit un parallèle saisissant entre le destin d'une jeune fille et celui des terres qui l'ont vue naître et qui, en passant abruptement de la misère à l'opulence, ont sacrifié leur histoire.

DÉE

DU MÊME AUTEUR

Poésie

L'agrandissement, Castor Astral, 1983
L'extase neutre, NBJ, 1985
Mélancolie, NBJ, 1985
Faire mention, Lèvres urbaines, 1987
Fontainebleau, Les Herbes rouges, 1987
Chose vocale, Les Herbes rouges, 1990
Long glissement, Leméac, 1996
Voile, Éditions Nicole Gingras, 1998

Nouvelles

Helen avec un secret, Leméac, 1995 ; Bibliothèque
    québécoise, 2009.
Le sort de Fille, Leméac, 2005

Romans

Drame privé, Les Herbes rouges, 1989 ; P.O.L, 1990
Le désarroi du matelot, Leméac, 1999 ; Bibliothèque
    québécoise, 2002

MICHAEL DELISLE

Dée

BIBLIOTHÈQUE QUÉBÉCOISE

BQ BIBLIOTHÈQUE QUÉBÉCOISE est une société d'édition administrée conjointement par les Éditions Fides, les Éditions Hurtubise et Leméac Éditeur. BQ remercie le ministère du Patrimoine canadien du soutien qui lui est accordé dans le cadre du Fonds du livre du Canada. BIBLIOTHÈQUE QUÉBÉCOISE remercie également le Conseil des Arts du Canada et la Société de développement des entreprises culturelles du Québec (SODEC).

BIBLIOTHÈQUE QUÉBÉCOISE bénéficie du Programme de crédit d'impôt pour l'édition de livres du Gouvernement du Québec, géré par la SODEC.

Conception graphique : Gianni Caccia
Typographie et montage : Yolande Martel

Catalogage avant publication de Bibliothèque et Archives Canada

Delisle, Michael

Dée

Éd. originale : Montréal : Leméac, 2002.

ISBN 978-2-89406-277-7

I. Titre.

PS8557.E445D43 2007   C843'.54   C2007-940232-1
PS9557.E445D43 2007

Dépôt légal : 1er trimestre 2007
Bibliothèque et Archives nationales du Québec

IMPRIMÉ AU CANADA EN SEPTEMBRE 2010

Si j'ai du goût, ce n'est guères
Que pour la terre et les pierres.

ARTHUR RIMBAUD

Eau boueuse

«*M'ma, I'm going out!*» crie Dée en laissant la porte-moustiquaire claquer derrière elle. Elle s'assoit sur le seuil de la maison, les pieds sur un bloc de ciment branlant qu'elle berce d'un coup de talon, les mains sous les fesses, puis les cuisses maigres se mettent à battre la mesure d'une chanson dans sa tête. La robe de coton rose pâle est toute relevée, montrant sa culotte propre et des poils crépus et ambrés dépassant de l'ourlet. Dée chantonne tout bas. Rien de dérangeant. Juste des respirations rythmées en ballant ses cuisses blanches, ses genoux égratignés.

Un voisin sacre. Ses pneus s'enlisent en fouettant la terre molle. Un autre cloue un panneau sur le coffrage d'un solage. Aujourd'hui, on profite du beau temps. Il a plu hier.

Dée Provost tire un peu fort sur sa courte natte blonde pour la faire pousser plus vite. Elle lève le visage au soleil, les yeux fermés. Des milliers de mouches vertes tournoient follement, excitées par le purin qui sèche dans la cour.

Chez les voisins, il y a deux maisons à reculer avant l'automne. Deux boîtes de papier noir à mettre en ligne

11

avec ce qui sera la nouvelle rue Fournier, toute en asphalte. Presque tout le monde doit démolir ses bécosses et remplir le trou, reculer la maison et la déposer sur le solage neuf. Un voisin dont la maison était déjà en ligne l'a simplement surélevée, le temps de couler le ciment en dessous. Il faut mettre des drains. Ils font la corvée avec leurs fils, des cousins, des beaux-frères, embourbés de terre glaise, incompétents, exténués. Ils jurent cru quand ils échouent à placer les pans du coffrage. La terre molle des tranchées est retenue par des vieilles portes, des piquets de cèdre. Les Provost n'ont pas à reculer leur maison.

Dée se lève d'un coup, saute par-dessus les flaques d'eau et gambade jusqu'à l'orée du boisé qui mène à la dompe. La pluie d'hier a rendu l'air pesant. La vase qui sèche rend une senteur âcre. Le boisé en face des Provost est un ancien bocage d'aulnes qui s'est épaissi de bouleaux avec le temps. À l'automne, quand les feuillages sont morts, les taudis d'une autre rue apparaissent à travers les troncs frêles. Quelque part derrière, un ancien chemin de tracteur mène à un champ en friche. Entre le boisé et le champ, à une minute de marche, il y a la dompe, des tas d'immondices faites de conserves, de raccords de plomberie, de bouteilles brunes, de cendres, de chiens abattus, de pelures, de ciseaux cassés. Une fois par semaine, quelqu'un y met le feu pour l'hygiène. C'est là que Dée avait trouvé Foxy, les restes d'un collie gisant sous une porte d'auto. La carcasse avait des poils roux autour des yeux, des dents brillantes. Les flancs étaient carbonisés. Émue, Dée l'avait nommé Foxy. Aujourd'hui, rien. Dée bouge des objets du pied puis, déçue, elle monte sur une butte pour regarder les toits de la rue Fournier, les branchages du boisé, les tas de roches, les champs qui n'appartiennent à personne. Plus loin, un pont vert mène à Montréal.

Au sommet de sa butte, Dée tournoie sur elle-même en fouettant l'air d'un bout de branche.

Le Reo vert du docteur De Luca prend la rue Fournier ; on reconnaît la couleur du camion, son pare-brise trapu, son capot massif, les ridelles en planche grise. Le vieux vétérinaire mâchonne un cure-dent et chauffe d'une main. Dée jette sa branche : on est vendredi, Doc arrive et elle n'est pas au poste.

— Doc ! Doc ! crie-t-elle en dévalant la butte jusqu'à la rue vaseuse. Le camion vert du docteur patine dans la glaise jusqu'à la maison des Provost.

Haletante, Dée ouvre la porte-moustiquaire, crie : «M'ma, c'est Doc !» et referme sec.

— *Don't slam the door*, dit sa mère en séparant les mots, exaspérée.

La fillette se rassoit immédiatement sur le seuil, les mains sous les fesses, pour bien montrer à Doc qu'elle est prête, comme à tous les vendredis après-midi.

Le Reo vert s'arrête devant la maison des Provost. Doc pose sa botte dans la fange et, la main sur la hanche, il considère la petite avec un demi-sourire amusé, regarde ses cuisses blanches au soleil, découvertes par sa robe relevée.

— Je me fais griller, Doc. Je vas venir noire noire !

— Viens me donner mon bec !

Enjambant les flaques de pluie, Dée se lance sur le vieil homme et pose la bouche sur sa joue piquante. Doc a une odeur forte de tabac, de sueur et de salaison. Il tapote les fesses de Dée pendant qu'elle lui enserre le cou et se plaint, en gloussant, qu'il la pique.

— Est à qui la petite Dée ?

13

— Est à toé, Doc.

— Je viens voir ton père, dit-il en relevant la tête.

— Est en arrière avec ses cochons.

— Tu restes icitte.

Doc veut qu'elle reste propre, il ne veut pas qu'elle aille dans la soue. Il s'y rend en s'appuyant au fini granuleux du papier brique. Seul le mur sud de la maison Provost est recouvert d'un papier brique au grain roux. Monsieur Provost, un homme adroit qui travaille au fil, a commencé à en garnir la façade puis il a abandonné, sans raison. Il a fait tout le mur sud une journée de grande forme, et le soir même il a entrepris la façade. Le lendemain, il est passé à autre chose. L'avant est tout placardé de papier goudronné, sauf ce carré bizarre de fausse brique cloué sous la fenêtre. Les pans inutilisés sont restés avec les outils dans la *shed*, juste entre la soue et les bécosses. Dée s'agrippe au coin de la maison et regarde Doc rentrer dans la « cabane des cochons ».

Dans une danse énervée, elle retourne rentrer par en avant et traverse la maison à toute allure pour aller se coller le visage contre la moustiquaire de la cuisine où elle peut épier Doc et son père. Elle attend, espère que Doc demande la permission. Elle se mord la lèvre et se tortille comme si elle avait envie.

Sa mère dépose sa tapette à mouches pour se verser un thé noir réchauffé. Elle sirote une gorgée, grimace et se remet à fouetter, impassible, des mouches vertes. Clac. Une autre.

— *One million and two…*, murmure-t-elle.

À l'entrée du bâtiment destiné aux porcs, le Doc discute avec Provost, avale une gorgée d'alcool de grain, tâtonne le groin d'une truie favorite que le père laisse en liberté. Les hommes blaguent.

— Ils vont vous rentrer des égouts, dit Doc en se frottant la nuque.

— Ils me feront pas débâtir la soue. Je garde mes cochons. C'est un pays libre, dit Provost en montant le ton.

Monsieur Provost reste muet un temps, muré dans sa colère.

— Je t'emprunte la petite pour deux jours, annonce Doc. Je l'emmène à Handfield.

— J'aimerais ça que tu regardes le noir, se rappelle le père soudainement.

Doc se penche sur le verrat, lui relève les babines.

Dans la cuisine, la mère continue de taper des mouches. Elle examine la tapette de caoutchouc turquoise, gommée de purée jaune et d'ailes brillantes.

— *Someday*, dit-elle à Dée, *this will be yours*.

Au bout d'un quart d'heure, traversant l'essaim étincelant des mouches vertes, Doc sort de la soue en saluant Provost. Dée court aussitôt l'attendre en avant, bien assise, les pieds joints sur le bloc.

— Un petit tour de camion ? propose Doc en se dirigeant vers son Reo.

— *M'ma, we're leaving!* crie Dée à travers la moustiquaire.

La mère de Dée apparaît brièvement derrière le grillage fin, taponnant une touffe de tabac ambré dans sa paume. Avec un lourd accent anglais, elle leur souhaite bon voyage. Elle lèche son papier à rouler d'une traite, puis forme une cigarette d'un délicat serrement de poing.

Dée claque la portière en répétant des mercis. Doc démarre. Il a le regard noirci de rides creuses et de comédons durs. Il a des yeux taquins ou fâchés, on ne sait jamais.

Aux pieds de Dée, il y a l'espace pour un portuna de cuir craquelé, un petit coffret de chêne rempli de fioles et un livre lourd comme une bible, illustré d'étalons écorchés, de planches coloriées de rose qui montrent les douze maladies du sabot, différentes formes de tumeurs, des squelettes avec le nom de chaque os. Dans la remorque, Doc entasse des poches de moulée, des cageots vides et une bâche huilée pour empêcher que les carcasses cochonnent son camion.

Le Reo vert du vieux Doc fonce sur la rue Fournier, laissant des ornières molles. Heureuse comme une jeune chienne, Dée sautille sur la banquette et fait des grands saluts aux autres. Sa joie amuse Doc. Il mâchouille un cure-dent, se gratte le nez, porte la main sur sa cuisse, décolle une croûte sur le tissu de sa salopette, laisse son pouce flatter machinalement la bosse de son sexe, replace le cure-dent avec sa langue.

Il promet un cornet à la petite.

— Chez Ouimet? demande Dée en s'emballant.

— Chez Ouimet. Il y a rien de trop beau pour une princesse, claironne-t-il.

La corvée des hommes qui alignent leur maison le rend hargneux. Il les voit clouer des madriers, atteler un cheval qui va tirer une charge, épierrer leur cour, battre un nid de couleuvres.

— Des culs-terreux qui se prennent pour des propriétaires, marmonne Doc.

— *Hey* Doc, on va devenir une vraie rue, annonce Dée, tout contente. Le vieux vétérinaire toussote un rire.

— Ton père va être obligé de débâtir sa soue puis se mettre du beau gazon vert avec une clôture blanche.

— Je sais pas, soupire la petite, soudainement fatiguée.

Elle couche la tête sur son avant-bras, laisse son visage s'éventer. Elle tète ses dents et gratte le bout de sa langue contre ses caries. L'agitation est tombée. Elle plisse les yeux. Elle n'a plus rien à faire que de se laisser conduire par Doc. Il va s'occuper de tout. Crème glacée. Magasin. Boules noires. Elle pourra courir avec Pinceau, le chien des Gérard à Handfield. Elle va coucher à Handfield, chez les Gérard, avec la chaleur de Doc qui sent le tabac et l'onguent à vache à cause de son travail. Les draps chez les Gérard sentent le moisi comme les manteaux d'armée que sa mère sort l'hiver pour faire un poids sur les couvertures. Avant de s'endormir, elle pourra apprendre le nom des os dans le livre des chevaux, regarder longuement les écorchés montrer leurs muscles, leurs tendons, leurs artères, passer son doigt sur l'image.

Quand on arrive sur de la route sèche et dure, Doc monte la vitesse pour désembourber les pneus. Dès qu'elle sent le camion rouler sur le gravier fin, Dée ferme les yeux, soulagée.

— Oublie pas Ouimet, Doc, miaule-t-elle.

Doc longe la rive sud du fleuve, traverse une réserve, continue une heure. Dée somnole.

Dans un rang perdu de Handfield, apparaît la ferme des Gérard. Elle n'est plus exploitée. Un poulailler négligé qui prend une trentaine de poules sert encore. C'est tout. On n'a rien engrangé depuis la crise, rien réparé depuis la guerre. L'étable est devenue un débarras pour des faux désuètes percées de rouille. Les pacages ont viré en friche.

Les Gérard sont un couple de vieillards qui se terrent dans une maison en planches, toute carrée, à deux étages, garnie d'une véranda en papier brique. Ils vivent de leurs œufs, de leur alambic et madame Gérard excelle au tressage de tapis ronds.

— On arrive, dit Doc en pinçant le genou de la petite.

Un barbet gris et blanc court accueillir le camion. Madame Gérard sort du poulailler avec un vaisseau sous le bras, jette un coup d'œil au camion et rentre dans la maison sans plus de salutations.

Dée embrasse le chien jappeur et court avec lui jusqu'aux champs pour attraper des petites sauterelles d'un vert vif, presque lumineux. Elle les examine de près, déplie leurs pattes, titille leurs antennes, en relâche une, en tue une. Elle court au puits tirer de l'eau fraîche pour Pinceau, boit une gorgée dans le même seau, court de nouveau.

À la brunante, à l'heure du coucher, Doc sort la chercher. Il doit insister parce que Dée, boudant au pied d'un pin gigantesque, ne veut pas que la journée finisse.

— Il est tard, on va coucher icitte, dit-il en rentrant, sans attendre de réponse.

Dée va chercher le livre des chevaux dans le camion, et rentre en rechignant. Doc monte la coucher au deuxième dans une chambre humide, grouillante d'araignées, qui sert aussi d'entrepôt pour les tapis tressés de madame Gérard.

Dée se couche sur un matelas sans drap, s'abrie d'une grande catalogne et commence à feuilleter le livre de médecine.

— Je vas te faire ton remède pour tes dents, dit Doc en versant une poudre dans un peu d'eau.

— J'ai pas mal.

— Tu as pas mal là, mais tu peux avoir mal cette nuit, explique-t-il en lui tendant le verre.

Ensuite, il redescend jouer aux cartes avec monsieur Gérard. Au bout d'un quart d'heure, Dée ronfle légèrement, la mâchoire molle, la salive mouillant les commissures.

Quelques heures plus tard, quand le bruit des grillons est à son plus fort et couvre le frottement des feuilles dans la brise, Doc monte à la chambre et baisse la culotte de Dée. Il cale son nez dans sa vulve, la respire, se grise de l'odeur salée. Ses joues râpeuses restent longtemps contre la peau moite. Dée est une catin

19

molle, ramollie par le grand air et le médicament. Quand il a respiré tout son saoul, qu'il a tout goûté, qu'il s'est soulagé contre le mollet de l'enfant, il flatte la joue de sa petite Dée avec ses mains maigres et veineuses ou bien il caresse son petit menton en se promettant de lui payer un bon dentiste. Dée n'a pas une dent qui ne soit pas noircie par la carie. Il reste longtemps penché sur elle.

Le matin, après son déjeuner, Doc monte réveiller la petite qui est déjà debout et tient d'une main sa natte, en fouillant dans les piles de tapis.

— J'ai perdu mon élastique, Doc.

Elle a les yeux bouffis. L'intérieur de ses cuisses chauffe un peu ; c'est irrité, tout rouge. Doc lui demande si elle a eu mal aux dents. Dée fait signe que non.

— J'ai de la misère à me réveiller, le matin, dit-elle, comme pour elle-même.

— Laisse faire ton élastique, on s'en va, dit-il en sortant de la chambre.

Avant de partir, Doc demande deux poules au père Gérard et, en les tenant par les pattes, il les met dans une poche de jute.

Au volant de son camion vert, sur une route asphaltée, Doc sifflote un air italien.

— J'ai oublié d'embrasser Pinceau avant de partir, dit la petite en bâillant.

Doc baisse les vitres pour garder Dée réveillée. Elle garde une main enfouie entre ses cuisses, l'autre sur le livre des chevaux.

Quand la mère de Dée voit Doc brandir le sac de jute qui grouille, elle s'exclame, ravie, qu'«il aurait pas dû».

— *Come on in, I just made some tea,* lui dit-elle.

Sur le pas de la porte, un coup de feu les arrête. Le bruit vient du dépotoir. On entend le geignement aigu d'un chien blessé. Puis un autre coup de feu. Quelqu'un vient d'abattre un chien qui rôdait autour du dépotoir.

— *It's almost one a day,* dit la mère de Dée.

Les chiens errants sont un fléau. On raconte que la ville donne vingt-cinq cents pour une paire d'oreilles.

shooting the stray
dogs

Un jour de juillet franc et clair, Dée et son frère Charly explorent le dépotoir à la recherche de trésors. Une fois, elle a trouvé un miroir de sacoche, une autre fois un morceau de livre de messe et des bouchons de bière d'épinette qu'elle a lavés. Charly ne garde rien.

Ils bougent les objets du pied. Parfois, ils soulèvent de leurs mains une plaque rouillée pour découvrir des asticots qui se tortillent sur un os gras, ou avec plus de chance ils effarouchent une couleuvre rayée et les cris, l'émotion, n'en finissent plus.

Charly confie à sa sœur que d'ici peu il aura une carabine à plombs. Tante Esther le lui a promis.

— Je vas avoir onze ans, je suis en âge, explique-t-il, comme une phrase apprise.

— Ça me dérange pas, dit Dée un peu boudeuse.

Aunt Esther ne lui dit même pas bonjour quand elle vient. Elle en a toujours pour Charly. Quand Sally était encore à la maison, c'était toujours Sally. Maintenant c'est Charly. Dée continue ses recherches, un peu triste.

Survient, d'un pas pressé, Marie-Paule Désourdy, le corps raide, tenant à bout de bras une boîte de tôle portant une étiquette de tomates.

— Où tu t'en vas avec ta canne, Marie-Paule Désourdy?

— Pas de tes oignons, Didi Provost!

La voisine vide le contenu de sa boîte sur la pile de déchets calcinés. Avec un bout de bois, elle brasse des cendres pour le couvrir.

— Vous avez pas encore connecté vos toilettes?

— Vous vivez toujours avec des cochons? réplique Marie-Paule Désourdy en leur tournant le dos.

— Ouache ça pue! exagère Charly.

— Ça pue moins que chez vous, lui répond Marie-Paule Désourdy sans se retourner.

En faisant mine de vomir, Charly fouille dans les cendres qu'elle a brassées.

Au retour du dépotoir, Dée et Charly décollent des écailles de boue. Quand elles ont bien cuit au soleil, les étendues de boue glaiseuse se craquellent et elles ont l'air d'une grande peau de crocodile. C'est à qui trouvera et ramassera, sans la briser, la plus grosse écaille.

— J'ai hâte que l'école recommence, se plaint Charly.

Dée lui flatte la nuque. Charly la repousse en rechignant. Dée, taquine, recommence. Et c'est le couraillage jusqu'à la maison.

C'est une journée de ciel pommelé. On dirait que la rue Fournier double ses efforts pour en profiter. Venant de partout, on entend des bruits de chantier couvrir la voix des hommes qui mènent les travaux. Venant de partout, l'odeur de la terre retournée.

Dans leur cuisine, la mère et le père Provost mangent une poule rôtie avec leurs doigts qu'ils sucent en riant. Ils ont les lèvres luisantes. Des mouches virevoltent au-dessus de la volaille. La bouteille d'alcool de grain est poisseuse.

Sans dire un mot, Dée et Charly vont s'étendre sur leur lit comme des chats en boule qui s'échangent leur chaleur. Dans la cuisine, leurs parents montent le ton, s'obstinent sur une vétille et un des deux assène une claque sur la table. Dée chasse une mouche d'un geste las de la main en regardant dans le vide. Charly s'endort. Des rires viennent de la cuisine. Au bout de quelques minutes, Dée s'endort elle aussi et la mouche marche tranquillement sur sa joue.

Vendredi. Dée se met à crier de joie quand le Reo vert du docteur De Luca tourne le coin de la rue Fournier. Doc descend du camion, passe sa main sur la tête de la petite, tout en maudissant dans sa langue natale les gars de la voirie qui l'ont obligé à prendre une rue fraîchement goudronnée. Ils l'ont forcé à saloper son camion.

Doc va voir le père Provost dans sa soue. Un homme en bras de chemise est en train de lui expliquer pourquoi les dépendances fermières doivent être démolies avant la fin de l'été, sinon, si Provost persiste à garder ses animaux, la ville le contraindra à se conformer.

— Quand on veut vivre comme en campagne, dit l'homme sentencieux, on déménage en campagne.

Le père Provost l'injurie aussitôt et ses injures portent : l'homme en bras de chemise serre la mâchoire puis riposte avec des menaces à voix basse. Quand Doc éclate de rire, les deux hommes remarquent sa présence. Le vieux docteur regarde l'échevin dans les yeux et il lui dit d'une voix ferme qui n'invite pas au dialogue de déguerpir. Le père Provost crie des noms. Dès que l'échevin disparaît, Doc sort un flasque et le tend au père Provost qui en cale de grandes goulées.

Dée entre dans la cuisine prévenir sa mère.

— *M'ma, we're leaving!*

La mère de Dée tète une bière avec sa sœur Esther et surveille une chaudronnée de gésiers en claquant de sa tapette de temps à autre, une mouche ici, une mouche là. Elle répond à Dée qu'elle va manquer un bon souper, ce qui fait pouffer de rire tante Esther qui ne se gêne pas pour dire que Provost est un homme lamentable de nourrir sa famille avec des poches de gésiers que l'abattoir lui donne pour presque rien quand on sait qu'il lui arrive de nourrir ses cochons avec de la moulée achetée, quand on sait qu'il ne lésine pas quand c'est le temps de se payer une fille en ville. Esther est une jeune femme aux lèvres cerise qui fume des cigarettes à bout filtre et qui parle avec des airs d'actrice. Elle travaille dans une usine de Montréal et vient faire son tour la fin de semaine. La mère grogne son accord aux récriminations de sa sœur et cale le fond de sa bouteille. Elle s'étonne à la vue de Dée.

— *You still here?* lui dit-elle doucement.

À Handfield, Dée a retrouvé Pinceau avec bonheur. Elle s'est essoufflée à courir avec lui. Elle a dormi comme une pierre. Elle s'est réveillée lourdaude, les yeux pochés, avec un léger mal de tête.

À son retour de Handfield, pendant que Doc allait porter des œufs à la mère Provost qui sommeillait ivre morte au salon, Dée est entrée dans sa chambre et a surpris Charly et tante Esther dans le lit. Charly s'est mis à rire fort en tirant un drap sur son petit sexe dur et tante Esther est tombée du lit en riant grassement elle aussi. Elle s'est relevée en s'essuyant la bouche, et elle

26

est sortie de la chambre, en ricanant, en se tenant contre le mur pour marcher.

— *M'ma* pis ma tante sont paquetées, résume Charly
en riant.

Dée s'est assise sur le lit et, sur un ton boudeur net-
tement appuyé, elle a demandé à son frère s'il avait reçu
sa carabine à plombs. Charly a dit non, pas encore.

Dée lui a demandé de se pousser un peu et de lui
rendre son oreiller.

— Je dors jamais assez, se plaint-elle.

Charly s'est approché d'elle et lui a promis de lui prêter
sa carabine, des fois. Dée s'est endormie presque immédiatement, indifférente, et toute la journée a passé.

L'avant-midi est gris pâle. Le tonnerre est un roulement sourd qui vient de nulle part, qui emplit l'air qu'on respire. La pluie commence à tomber d'abord en gouttes éparses, puis en douche tiède et généreuse. La terre mollit. Les draps sont collants comme le temps qu'il fait. Les oreillers tassés dur sentent le bouillon salé. Les mouches se terrent dans le bas des châssis.

De son lit, couchée sur le ventre, Dée regarde le jour. Elle fredonne une berceuse. Chaque fois qu'elle chante, on rit d'elle, on lui dit qu'elle massacre la musique. C'est une blague qui ne rate jamais. La famille tout entière la supplie de se taire. Quand il ne se passe rien, Dée chante quelques notes, et attend, espère les implorations.

La mère appelle les enfants pour dîner. Dée accourt et regarde sa mère cuisiner. Elle fait suer un hachis de lard dans une grosse poêle de fonte et au bout d'une minute elle verse deux grosses tasses de sang frais vinaigré avec des morceaux d'oignon. Elle laisse le sang prendre en crêpe. Dée n'aime pas le goût du boudin, elle explique que ça lui fait mal aux dents. Sa mère sait que c'est une invention et finit, excédée par le chialage, par dire qu'il n'y a rien d'autre. Dée mastique sa part en grimaçant.

On entend un pétard éclater devant la maison.

— Un chien! s'écrie Dée.

Sa mère se lève et va voir dehors. C'est tante Esther, souriante dans son imperméable jaune, tenant une carabine neuve dans les mains. Elle dit qu'elle se nomme Annie Oakly et la mère s'esclaffe.

Esther demande à voir Charly.

Enthousiaste, Charly explique comment il projette de s'enrichir en chassant les chiens errants. Esther éclate de rire puis marmonne, comme pour elle-même, qu'il en aura plutôt besoin pour achever les cochons de son père avant que la municipalité ne le force à le faire.

— *It's just a pop gun*, ajoute-t-elle quand elle remarque l'inquiétude de sa sœur.

Charly passe le reste de la journée à viser avec sa carabine à air chaque objet ou chaque personne qui se présente à lui. Il parade autour du dépotoir. Il bouche le canon de terre pour projeter des mottes dans le ciel, sous la pluie légère.

La nuit, Dée ne dort pas. La lune est claire et les matous sacrent. Son père et tante Esther boivent dans la cuisine, frappent après chaque gorgée leur verre contre la table. Ils montent le ton puis se taisent. Et ça reprend, ils brassent des chaises puis recommencent à se lancer des insultes. Esther est une pute chiante. Le père est un avare, un être odieux. Plus tôt dans la soirée, tout le monde a bu et il s'est mis à rudoyer sa femme. Elle est affalée sur le sofa du salon, ronfle un peu.

Dée éprouve toujours le même tiraillement dans ses molaires. La lune éclaire la chambre, éclaire la carabine brillante de Charly. Charly emmêle ses jambes à celles de sa sœur et la fait maugréer. Dée pousse sa langue dans les caries, joue à faire des petites succions, des grattements, croit pouvoir ainsi extirper le mal. Elle pense ensuite aux chiens morts à la dompe. Elle imagine sa prochaine visite au dépotoir. Elle anticipe des images de tuerie. Des chiens abattus aux jambes raides. Le pelage cotonneux qui reste mouillé. Le sang sec autour des oreilles tranchées. Elle est troublée. L'horreur se mêle à la hâte.

Elle pense ensuite à Pinceau, à sa joie quand elle l'aperçoit. Elle imagine son abattement si Pinceau se retrouvait lui aussi étendu sur la pile calcinée du dépotoir, tout mou, la langue sortie, l'œil terne. Et soudainement Pinceau se réveillerait et bondirait sur Marie-Paule Désourdy pour la mordre au sang, lui déchirer sa robe, lui arracher sa couette. La scène s'arrête net quand Dée se rappelle que les Désourdy se sont fait rentrer une balançoire dans leur cour. Une balançoire comme dans les cours d'école, avec du ciment dans le bas des poteaux.

Elle passe la main dans les cheveux noirs de Charly, le flatte jusqu'au velours de sa nuque rase. Elle murmure une berceuse. Tout bas. Comme Sally faisait pour elle quand elle était enfant. Dans la cuisine, on finit par se taire.

Après avoir essuyé du sang aux bécosses, Dée se précipite sur sa mère.

— *M'ma, I've got the curse!* crie-t-elle, mi-paniquée,
mi-fière.

— *Oh shit*, jure sa mère en la traînant dans la cuisine
devant l'armoire où elle range les linges : des carrés pris
dans un vieux drap qu'on a pliés, repliés et piqués. Dée
devra apprendre à les fixer avec une épingle à couche.

Esther, endimanchée, entre dans la cuisine, intriguée
par l'agitation.

— *Aunt Esther, I've got the curse!* crie Dée.

Esther répond quelque chose qui ressemble à un
mot de bienvenue que Dée ne comprend pas et que sa
mère ne prise pas. Aunt Esther se demande ensuite à
voix haute quel âge avait Sally quand ça lui est arrivé.

Pendant que la mère éponge le sang de Dée, Sarto
Richer, un homme dans la vingtaine à l'allure soignée,
arrive du salon et entre dans la cuisine. Il a des cheveux
noirs brillantinés et il fleure l'eau de Cologne.

— C'était débarré, dit-il en tenant son chapeau dans
la main.

31

Esther fume, les bras croisés. La mère tente de fixer un linge dans la culotte baissée de Dée qui tente de couvrir ses parties d'une main. Sa mère, agacée, repousse le geste d'une claque.

Une fois son étonnement passé, Sarto Richer demande à voir monsieur Provost. Sans lever la tête, avec une épingle entre les dents, la mère lui dit d'attendre au salon.

— *I'll get you* «monsieur Provost», dit Esther, ironique.

— Dépêche, *M'ma*, se plaint Dée, guettant du coin de l'œil l'homme au salon qui passe sa main sur le papier ballonnant des murs en affichant une mine dégoûtée.

Quand le père de Dée entre dans le salon, Sarto lui tend de l'argent, de l'argent qu'il a perdu au jeu. Trois billets de dix que Provost empoche sans regarder. Sarto fait une remarque sur la rue Fournier qui va devenir une rue «respectable». Le père dit qu'un échevin le talonne pour qu'il démolisse le bâtiment des cochons. Pendant que le père parle en se frottant la nuque, Sarto regarde des taches d'eau rouilleuse à l'encoignure du plafond.

— Mon père connaît un conseiller, dit Sarto. Il y a une assemblée municipale dans deux semaines, si tu veux…

— Je sais pas…, dit le père, je sais pas…

Sur le pas de la porte, Sarto voit Dée qui le regarde du fond de la cuisine. Il demande si la petite s'appelle Sally.

— Sally reste plus icitte, répond le père. Est aux États. Elle, c'est Andrée.

Il ajoute, avec un clin d'œil, qu'elle n'a que treize ans, qu'elle est trop jeune pour lui, d'attendre un an ou deux. Les hommes rient.

*[handwritten: * becoming a woman, following Sally's footsteps.]*

[handwritten: bowl] *[handwritten: steel.]*

Les fesses dans une bassine de tôle émaillée, Dée laisse sa tante Esther lui montrer l'hygiène «*between us girls*».

— *Just like I showed your sister Sally*, explique Esther en brassant des doigts l'eau tiède.

Dée laisse la main de sa tante flatter sa toison pour, selon les mots d'Esther, *[handwritten: soften]* amollir les grumeaux *[handwritten: clots.]* de sang. Dée sent les doigts bagués glisser contre sa vulve et le chatouillement la fait ricaner, *[handwritten: giggle]* rougir. Esther tapote, insiste, susurre *[handwritten: whisper]* à l'oreille de sa nièce des phrases apprises sur l'hygiène, des anecdotes sur Sally, des réflexions ironiques sur le sort spécial de toutes les petites filles du monde entier qui ont reçu le lot d'une propreté toujours à refaire, toujours à refaire. Elle l'a montré à Sally, maintenant elle le montre à Dée.

Quand tante Esther a fini, elle met une goutte de parfum fleuri derrière chaque lobe d'oreille de sa nièce.

— *There*, chuchote-t-elle.

Contente, Dée va courir dehors, sauter par-dessus les fondrières, chercher des trésors, jusqu'au souper.

Au dépotoir, elle rencontre Charly qui cherche désespérément quelque chose à tuer avec sa carabine.

Dée trouve une bouteille de porter vide et se demande comment on s'y prend pour savoir si les choses valent cher ou pas.

— Regarde-moi, demande Charly. Dée se tourne vers lui. Il la vise avec son arme.

— Niaiseux!

Pour la faire fâcher, il l'appelle «Didi». Furieuse, elle lui lance un bout de tuyau de toutes ses forces. Elle jure que si Charly l'appelle encore comme ça, elle va le tuer.

En rentrant à la maison, Dée voit sa mère et Sarto jaser devant la porte. Ils parlent, chacun les bras croisés. Ils sont courtois. Tout à coup, sa mère émet un petit rire coquet qui intrigue Dée. Elle remarque que l'homme a une moustache fine, bien taillée, bien noire. Il semble compatir aux chambardements que les projets de voirie occasionnent. Dée trouve sa mère changée. Elle se faufile entre les deux pour rentrer.

Quand elle traverse le salon, elle aperçoit un bouquet de fleurs blanches et jaunes sur un tabouret.

Assise sur le perron, le vendredi, Dée attend le vieux
Doc. Quand le camion vert aux ailes rondes et costaudes
point au bout de la rue, sa mère lui dit de rentrer dans
sa chambre.

La mère de Dée explique au docteur De Luca que la
petite a mal au ventre, elle a ses règles. Dée, le visage
collé dans la fenêtre de sa chambre, les regarde jaser et
dès que le vieux docteur semble regarder dans sa direction, elle agite les bras pour lui faire signe. Du coin de
l'œil, Doc voit les gestes de Dée. Quand la mère a fini
l'entretien, elle embrasse le vieux Doc qui reste seul
contre son camion à regarder par terre. C'est un homme
grand, maigre et vieux. Il masse son menton gris. Il n'a
pas prévu de plan de rechange.

Dée rejoint sa mère qui lui sert une tasse de thé, une
eau opaque qui a passé la journée à noircir sur le poêle,
à macérer dans une théière d'aluminium qui l'a rendue
râpeuse.

— Ça va me donner des forces? demande-t-elle en
sirotant sa tasse.

Sa mère se souvient de Sally, l'aînée, de ses maux de
ventre. Sally avait commencé ses règles plus tard que

35

Dée, mais ses malaises étaient plus violents. Elle souffrait tant qu'on devait lui tenir la main et la serrer fort pour lui donner du courage. Elle souffrait le martyre à chaque mois jusqu'à son départ pour les États avec un militaire américain, grand, même pas beau. Depuis que Sally s'était casée dans un trou au Maryland, sa mère n'avait plus de nouvelles, pas un mot, pas une lettre, pas un signe. Les parents n'existaient plus pour Sally.

— *She could be sick. She could be dead*…, se lamente la mère.

Après un moment de silence, Dée se met à décrire ses crampes sans y arriver vraiment. Elle cherche les mots pour décrire la sensation dans le ventre qui n'est pas exactement une douleur, ni une crampe, ni un tiraillement… Sa mère lui touche la joue.

— *Go play outside now*, lui dit-elle avec un sourire fatigué.

C'est aujourd'hui le dimanche où est célébrée la première messe à l'église Sainte-Louise depuis que le nouveau parvis d'asphalte est fait et que le béton du grand escalier est décoffré. On a invité un évêque de Montréal pour officier et les enfants de l'école Saint-François ont préparé une série de chants. Le parvis est noir et neuf. Des bottes lourdes de boue sont soigneusement alignées à l'extérieur de l'édifice, le long du mur qui donne au soleil.

Dée et Charly flânent devant l'église où résonne l'unisson des prières. Dée tient une branche souple qui lui sert à tracer des lignes dans le sable, donner des coups par terre, ou qu'elle fait tournoyer dans les airs à toute vitesse.

— Écoute, ça fait un bruit de fouet.

Charly propose à tout moment de rentrer en cachette dans l'église ou de juste entrouvrir la porte pour espionner les gens qu'il connaît mais Dée, craintive, s'y oppose.

— Il faut être cent pour cent catholique. On est à moitié protestant de naissance à cause de *M'ma*.

— Qu'est-ce qu'ils font? demande Charly en collant l'oreille contre le mur du bâtiment.

Quand les portes s'ouvrent, Dée et Charly s'écartent du chemin des fidèles. Ils examinent les gens endimanchés, les chapeaux, les souliers cirés. Les chaussures propres vont et viennent sur le ciment pâle, sur l'asphalte vierge, les talons crépitent sur un sol propre et dur. On se serre la main.

Marie-Paule Désourdy aperçoit Dée et se pince le nez avec une ostentation que ses parents remarquent. Sa mère vient pour la gronder puis, quand elle constate que le geste vise les enfants Provost, elle se met à rire d'une façon délicate. Le groupe autour d'eux s'en amuse aussi.

Dée et Charly s'en vont. Ils laissent derrière eux Marie-Paule Désourdy qui secoue la tête à tout bout de champ pour faire bouger les rubans jaunes de sa coiffure.

Devant chez eux, rue Fournier, ils aperçoivent une Buick de l'année stationnée. Un homme en complet, assis à côté de la place du chauffeur, attend, le bras sorti à l'air.

— De la visite, s'écrie Charly en fonçant.

— C'est juste l'homme à moustache, dit Dée, sans se hâter.

Dans la cuisine, sa mère est assise à table avec Sarto. Dée se colle derrière Charly qui les épie dans le cadre de porte.

— Oh, juste un autre…, dit la mère.

— Ils sont à vous, c'est pour vous que je les ai apportés, dit Sarto Richer.

La mère dépose un chocolat à la cerise dans sa bouche et Sarto sourit d'aise.

— Bon, mon ami Beaulieu m'attend, dit Sarto en se levant.

— *Come anytime*, je veux dire : viens n'importe quand, l'invite-t-elle aussitôt.

Sarto tend la main vers Dée puis l'écarte doucement pour passer. Il demande à la mère de transmettre son message à monsieur Provost, un message à l'effet que son ami échevin ne peut malheureusement rien faire d'autre qu'accorder un sursis de quelques semaines pour sa cause.

Du pas de sa porte, la mère lui envoie la main.

— C'est qui, lui ? demande Dée.

— *Go play*, lui répond-elle vaguement avant de retourner à la cuisine chercher une cachette pour la boîte de chocolats à la cerise. Elle la glisse derrière une rangée de bocaux.

Dée et Charly vont s'étendre sur leur lit.

— J'ai hâte que l'école recommence, soupire Charly en embrassant sa carabine.

Dée place les mains sous sa tête. Au bout d'un instant morne où elle ne pense à rien, elle revoit les robes, les toilettes du dimanche, elle se souvient des effluves de muguet ou de lilas qui venaient des dames gantées, chapeautées, légèrement maquillées pour la messe. Elle rit en pensant aux femmes qui se sont trempé les fesses dans des bassines avant de se parfumer.

— Quoi ? demande Charly qui veut rire lui aussi, dis-le.

— Rien, répond Dée sans quitter le plafond des yeux.

Elle reprend sa rêverie en tirant solidement sur sa petite natte. Charly s'assoupit, la joue contre le canon de sa carabine. Brusquement, Dée enfouit son visage dans son oreiller et étouffe un râle absurde, un cri pour crier, un jeu pour faire résonner dans sa tête.

Dans la nuit de ce dimanche-là, la maisonnée est réveillée par des cris perçants venant de la soue. Le hurlement des porcs glace Dée qui se réveille terrifiée. Le père Provost se précipite en caleçon vers la cour, mais il se trouve enfermé dans sa cuisine. Tandis qu'il force la porte qu'une chaise barre à l'extérieur, deux hommes courent vers le boisé dans la nuit sans lune. Arrivé dans la soue, pieds nus dans le sang chaud, le père Provost jure entre les porcs paniqués, agonisants. Les hommes ont eu le temps d'égorger trois truies. Dée se met à pleurer si fort que sa mère qui n'en vient pas à bout la gifle pour la serrer contre elle tout de suite après.

Quand le silence revient à peu près, une voix d'homme, venant d'une cour voisine, crie : « Bon débarras, Provost ! » pendant que d'autres voix rient nerveusement, de façon saccadée.

La mère de Dée, serrant toujours sa fille contre elle, murmure : « *It was written.* »

On est devenus une rue

Charly dévale le boulevard avec le vélo de l'épicerie Goupil. Il a une demi-heure pour dîner. Pour atteindre la rue Fournier, il prend un raccourci qui lui fait longer la cour des Désourdy. Quand il frôle un petit baril de chêne, il tape brutalement dessus et accélère avant que le chien, aboyant à tue-tête, se précipite sur lui et s'étrangle au bout de sa chaîne. Charly pédale de plus belle, puis ralentit et zigzague un peu jusqu'à la maison.

C'est samedi, une équipe de balle-molle s'exerce sur le terrain qu'on a nivelé l'été dernier au bout de la rue. On entend des huées soudaines mêlées de rires.

La rue Fournier est asphaltée et bornée de trottoirs neufs qui s'abaissent devant les entrées de garages ou les abris d'auto. Depuis deux étés, des propriétaires ont entrepris des travaux de gazonnement.

Les maisons sont alignées.

Le solage des Provost est fini. Le béton a été recouvert d'un enduit de ciment fin lissé au bloc de bois par des mouvements circulaires qui ont laissé des traces pâles. Le perron est un carré solide prolongé de deux marches plus étroites. Le revêtement est toujours inachevé : du papier brique, du papier noir… La bande de terrain qui sépare la maison du trottoir est recouverte de façon très inégale de concassé, de chardons et de ce que Dée et Charly appellent, depuis toujours, de la rhubarbe-à-crapaud.

Devant la maison des Provost, il y a une Chrysler écarlate fraîchement cirée. Le flanc blanc des pneus est immaculé. Un homme, Beaulieu, y fume, le bras sorti, les doigts tambourinant sur le toit. Charly freine et lui demande si Sarto est là. Beaulieu, sans sourciller, lui dit qu'il ferait mieux d'attendre. À ces mots, Charly se précipite sous la fenêtre de la chambre.

— Petit vicieux…, marmonne Beaulieu.

Charly s'accroupit près du solage neuf. Lentement, il s'appuie contre le papier noir sous la fenêtre de la chambre et il lève lentement la tête pour espionner sa sœur. Ne voyant personne, il va refaire son manège sous la fenêtre du salon et il reste là. Après quelques secondes, il rentre sa main dans son pantalon pour dégager sa verge qui se cambre dans son caleçon.

Dans le salon, sur le vieux sofa qui creuse, Sarto écrase Dée de tout son corps. Il est entré dans la maison cinq minutes plus tôt, sans frapper, en criant «Quelqu'un?» et Dée s'est ruée sur lui pour l'embrasser. Il a immédiatement relevé sa robe de coton et a glissé sa main froide sur son ventre, pour la descendre dans sa culotte. Il a fourragé dans ses poils châtains et l'a rendue glissante pendant qu'elle frottait rapidement son érection à travers son pantalon de serge. Il a défait sa ceinture et de la tête lui a fait signe de s'installer là sur le sofa. Elle l'a attendu, la robe relevée sur ses gros seins, les jambes écartées, attentive à son regard sur elle, à ses yeux sérieux, impressionnés, dirigés sur son sexe ouvert et il s'est étendu sur elle en fermant les yeux pour y repenser. Sa respiration était retenue, colérique.

Sarto s'active rapidement quand Dée voit, dans la fenêtre du salon, dans la fente du rideau, la tête de son frère Charly qui les épie. Sa main en visière étouffe la lumière ; son souffle embue la vitre. Le jeu de son frère l'allume. Elle jouit de penser que Charly voit le pantalon de Sarto qui tombe un peu plus à chaque coup de hanche, dévoilant pouce par pouce des fesses poilues et crispées entre ses cuisses rasées et blanches. Dès que Sarto toussote un gémissement, il se retire d'elle, presque en la repoussant sec.

Il se relève et remonte son pantalon avant que Dée, espiègle, ait le temps de saisir sa verge encore poisseuse. Ils rient, un peu nerveusement, en se rhabillant en toute hâte.

Charly entre au salon pesamment, essuyant ses souliers avec bruit, feignant la nonchalance. En refaisant le revers de ses socquettes, Dée garde les yeux sur son frère à hauteur de son aine. Les joues en feu, l'adolescent camoufle tout avec ses mains dans les poches. Il regarde au plafond pendant que Sarto, face au mur, finit de rentrer sa chemise.

Sarto et Dée reprennent leur souffle, côte à côte sur le sofa, le dos droit. Charly sifflote lâchement. Dée fixe le tapis tressé d'un air stupide, passe ses doigts sur ses commissures pour corriger le rouge qui a sûrement débordé la ligne, palpe ses caries avec le bout de sa langue. Sarto s'allume une cigarette.

— Charly, va chercher un cendrier !

Charly répond à sa sœur qu'il y en a un en dessous du sofa.

Après un soupir profond, Sarto s'enquiert des parents Provost.

— Sont à Handfield, répond Dée. Doc leur a trouvé une terre avec un corral à Handfield. Ils visitent. Ça se peut qu'ils achètent.

Charly ajoute qu'ils vont déménager en campagne, qu'ils vont avoir des chevaux.

— Et toi? demande Sarto à Dée.

Il n'y a pas de souci dans sa question. C'est le ton d'un ami de la famille qui prend des nouvelles. Dée hausse les épaules.

Sarto se lève en défroissant sa veste rayée.

— Tu t'en vas? demande Dée, étonnée.

Sarto dit que son ami Beaulieu l'attend. Ils vont faire un tour à Québec en fin de semaine.

— Vas-tu revenir me voir?

Sarto lui lance un clin d'œil avant de franchir le seuil.

Elle va aux rideaux du salon et garde sa main prête à faire des bye-bye énergiques. Sarto brasse l'épaule de Beaulieu qui semble roupiller et monte dans sa Chrysler scintillante. Il va virer l'auto au bout de la rue, juste avant le terrain où s'exerce l'équipe de balle-molle, et démarre en faisant crisser les pneus, ce qui ravit Dée.

Elle se retourne. Son frère est toujours là.

— *Scram*, Charly!

— Fais-moi à dîner sinon je vas raconter ce que j'ai vu, la menace-t-il.

— Mange de la marde, lui répond-elle tout bonnement en prenant un magazine de vedettes américaines.

Dans la soirée, au retour de Handfield, le père de Dée se met à faire une sorte d'inventaire dans la *shed*, pour voir ce qu'il reste comme matériel pour finir la maison.

Dée en jaquette de nuit, suçant un clou de girofle, écoute sa mère lui expliquer qu'on va mettre la maison en vente. C'est pour ça qu'il faut la finir. Elle s'interrompt pour lui dire de ne pas jouer avec le clou, il ne faut pas le téter mais le laisser sur la dent qui fait mal.

— *I don't wanna leave, M'ma*, se plaint Dée.

Sa mère dit que la rue Fournier n'est plus une place pour eux depuis qu'ils ont planté un lampadaire devant la maison. Elle dort mal avec la lumière, elle entend des bruits. Ils ont fait exprès pour le planter là. Il y a un échevin, quelque part, qui a dû vouloir se venger à cause des cochons. On dirait que les voisins se sont rapprochés depuis qu'ils ont fini la rue.

— *It's like…*, dit-elle en cherchant une image pour dire l'étrangeté, *it's like we're all connected*.

Elle se sent surveillée. Jugée. Et puis le père de Dée veut des chevaux ; elle, elle veut des poules. À Handfield, la terre est grande, le puits est bon et le voisin est loin. Ici, les voisins sont d'anciens ouvriers de manufacture qui ont traversé le pont Jacques-Cartier parce qu'ils avaient entendu dire qu'il n'y avait pas de rats ici. Pas de rats, pas de taxes. Tout de suite après la guerre, ils ont acheté leur lot de glaise, leurs poches de ciment. Ils ont pris leurs samedis pour se bâtir.

Dans la cour, on entend le père de Dée brasser des retailles de tôle, lancer des restes de madrier, trier des rossignols de planche. La mère dit qu'il va finir la maison. Ça aura pris presque quinze ans. Il faut vendre. Personne ne voudra acheter une maison pas finie, à moitié en papier noir, bricolée avec des vidanges d'école.

— Des vidanges d'école ?

Dée était aux couches. Tout le monde achetait ses matériaux chez Dupuis Lumber mais pas son père. Il savait qu'on rasait une école sur le chemin Chambly. Avec une *wagon* empruntée à la Ville de Montréal, chaque samedi il traversait le pont et allait récupérer ce qu'on avait démoli. Un de ses cousins du bord des Provost travaillait à la Ville de Montréal. Il allait emprunter la *wagon* que la Ville utilisait autrefois pour ramasser les ordures ménagères et qui ne servait plus. La Ville passait la *wagon* aux employés qui en avaient besoin. Le père et son cousin remplissaient la *wagon* avec le bois de la vieille école. Du bois, des poutres, la porte de la garde-robe, des clous, des chaudières remplies de clous…

Dée baisse les yeux, puis les ferme, comme pour ne plus entendre.

La mère dit qu'elle ne comprend pas la misère que se donne son mari. Il avait de l'argent à l'époque. Il en a toujours. Mais il refuse de payer s'il y a moyen de «prendre gratis» et il trouve toujours le moyen. Sauf quand c'est le temps de jouer. Alors il est riche. Ou pour boire. Ou pour coucher. Le père a toujours de l'argent pour du rye et une petite barbote. Un petit poker. Une fille.

Dée regarde toujours par terre, l'air dolent; elle a le visage un peu fatigué. Elle croise les bras sur ses seins, réprime une grimace de douleur.

— Tu le savais pas que ton père il avait de l'argent, han? lui dit sa mère.

— *M'ma, I'm late*, dit Dée tout bas, en se massant le front.

— *How late?* lui demande-t-elle.

— Presque deux mois.

La mère se tait. Au bout d'un moment, elle murmure : «*Now she tells me...*» et sans rien laisser paraître dans le ton, ni colère ni inquiétude, elle dit à sa fille d'aller se coucher. Dée embrasse sa mère sur le front et va se mettre au lit.

Le père continue son tapage dans la cour, malgré la nuit qui tombe. Le lampadaire d'en face s'allume. Un chien jappe. La mère déroule un ruban tue-mouche qu'elle suspend au-dessus de l'évier, s'arrêtant souvent pour réfléchir. Puis elle s'assoit et mordille l'ongle de son pouce. Elle se rappelle les chocolats à la liqueur que Sarto lui apporte. Elle aime sa prévenance. Son élégance.

Quand Sarto arrive, la mère envoie Dée prendre l'air en lui donnant l'ordre de ne pas rentrer avant deux heures, et, une fois seule avec lui, elle décline trois phrases : Dée est enceinte ; elle doit être mariée ; les parents de Sarto sont déjà informés de la situation.

Sarto devient bouillant, frappe le poing sur la table.

La mère Provost revient d'une armoire en débouchant un flacon brun et lui demande s'il a déjà bu du «vrai» rye. Après un instant de rage contenue où il regarde le plancher, il lève les yeux et considère la mère. Il ne sait plus quelle carte jouer.

— Vous êtes pas la même en anglais, lui dit-il, un peu charmeur. Quand vous parlez français, on dirait que vous vous retenez.

La mère rit de bon cœur, passe ses doigts dans ses cheveux roux et gris.

— *This is serious, Sarto*, dit-elle.

Elle remplit son verre d'un alcool ambré, presque orange. Sarto boit et s'étouffe, ce qui la fait sourire. Elle lui explique qu'elle a été obligée d'être honnête avec ses parents, obligée de tout dire. Y compris le fait que Dée n'avait pas encore seize ans. Les parents de Sarto lui ont assuré que des arrangements restaient faisables.

À la limite, les parents de Sarto ne voient pas de problème. Il faut connaître les gens qui font les papiers, les signatures et les sceaux. Ou il faut connaître un prêtre. C'est tout.

Sarto s'efforce d'avaler l'alcool brûlant, visiblement mécontent. La mère pose sa main sur son avant-bras, serre un peu, lui demande de la regarder dans les yeux.

— Sarto, lui dit-elle avec une pondération soutenue, en détachant presque les syllabes, t'as rien à faire. Rien. Tout va être fait pour toé.

Elle sirote son alcool, le garde un peu dans sa bouche avant de l'avaler. «*I'm not supposed to say this…*», dit-elle avant de révéler que les parents de Sarto vont probablement lui acheter une maison neuve. Ils pourraient mettre quinze mille cash. S'ils se rétractent là-dessus, sur la maison, Sarto doit insister. S'ils parlent de le faire, c'est donc qu'ils en ont les moyens. La mère le regarde dans les yeux et, sans réprimer un petit sourire ironique, elle dit qu'elle n'a jamais vu de parents si heureux de voir leur fils se caser. Désarmé, Sarto pousse un gémissement bien sonore. La mère, elle, regarde par la fenêtre et marmonne qu'elle ne prendra pas Dée à Handfield, point à la ligne.

Elle remplit les verres de nouveau. On boit en silence.

Soudain, elle dit qu'elle va écrire à Sally. Elle jubile. Elle va l'inviter. Sally doit absolument venir aux noces de sa petite sœur.

— *Sally is gonna come back…*, dit-elle rêveuse à Sarto qui a l'air sombre.

Elle lui tapote la cuisse et lui dit de ne pas s'en faire, puis elle laisse sa main là une bonne minute, l'index hésitant à flatter le tissu du pantalon rayé, jusqu'à ce que Sarto, revenu de son découragement, l'enlève délicatement, cale son verre et, après un sourire sec et bête, sorte de la maison Provost.

Dée va jusqu'à l'épicerie Goupil d'un pas alerte, puis elle reste un moment devant la vitrine, médusée par les chiffres rouges des réclames. Elle erre ensuite près du téléphone public de La Patate à Fernande, là où sa mère est venue téléphoner aux Richer six fois en deux jours avec un crayon et un calepin, en parlant fort comme une sourde, comme si elle avait voulu que sa voix se rende clairement du snack-bar jusqu'à la maison cossue des parents de Sarto, sans se soucier des passants qui riaient d'entendre à travers la cabine cette «habitante», une Anglaise en plus, avec ses plaintes, ses colères et finalement, avant de raccrocher, ses remerciements rampants.

Elle entre dans l'épicerie, met trente-cinq cents sur le comptoir.

— Du Maurier, dit-elle au commis, l'air absent.

En ce moment, pense-t-elle, *M'ma* est en train de tout lui dire. Elle prend le paquet de cigarettes, chiffonne l'emballage qu'elle laisse au commis et déchire le timbre gris avec l'ongle de son pouce.

La semaine dernière, sur la chaîne d'étiquetage des bocaux de moutarde, elle a eu un haut-le-cœur qu'elle n'est pas arrivée à contenir. Les filles ont crié leur dégoût en détournant la tête. Elle a dû sortir prendre l'air frais, puis rentrer affronter les filles, torchon en main pour essuyer son dégât.

D'une voix bien claire, Marie-Paule Désourdy a dit que «ça sentait le cochon» et toutes se sont mises à rire.

— Ça fait deux ans qu'on a plus de cochons. Tu es en retard dans les nouvelles, Désourdy! a rétorqué Dée.

Et Désourdy de répéter la riposte de Dée en la nasillant. Les éclats de rire ont repris jusqu'à ce que le contrôleur intervienne. Dans le tumulte, quelqu'un a dit: «Elle est enceinte» et Dée a fait comme si elle n'avait rien entendu. Elle a repris sa place, debout devant le tapis roulant, mais elle a figé devant le défilement des bocaux. Elle est restée un instant les bras morts, l'air hébété. Puis, avec une assurance dont elle ne se croyait pas capable, elle a accroché son tablier, a enfilé son manteau de toile sans l'attacher et, sans prévenir le contrôleur, elle est sortie marcher sur le boulevard, le manteau ouvert, une cigarette aux lèvres, les yeux bouffis.

— *Go to hell*, Désourdy, dit-elle tout haut. *Go to hell forever*.

Rue Fournier, le chien des Désourdy brasse sa chaîne et sort le museau de son baril pour grogner au passage de Dée. Elle le nargue, rit et continue jusqu'à l'ancienne dompe qu'on a transformée en parc pour le baseball. Il y a un monticule bien tassé et un gigantesque filet d'arrêt pour nicher le marbre. La terre battue est tout égalisée. Des majorettes y répètent pour la fin de l'année scolaire, dans un mois. Les bâtons tournoient, tombent. Les genoux se lèvent au pas. Dée agrippe sa main au grillage.

— Ils ont tout défait. Il reste plus rien, murmure-t-elle. Des fois, on trouvait des affaires…

La répétition des majorettes la rend morose.

Elle rentre chez elle.

La voiture de Sarto n'est plus là.

Dès qu'elle a le pied dans la maison, Dée se précipite aux toilettes pour vomir. Elle s'essuie les lèvres et chasse l'eau de la cuvette en vidant un seau laissé là exprès. Elle va dans la cuisine pour le remplir de nouveau et trouve sa mère à table, un peu grise, inspirée par une lettre qu'elle vient d'écrire.

— *So ?* demande Dée.

Sa mère hoche la tête de contentement et lui dit, d'une voix un peu chuintante, que Sally va sûrement accepter de revenir pour les noces.

C'est un samedi de juin 1955 dans une église de Montréal que Sarto et Dée se marient. Devant un prêtre, cousin propre de madame Richer.

Dans un confessionnal étouffant et noir qui sentait l'huile de citron, Dée s'est agenouillée puis a joint ses mains, proche de la grille pour que le prêtre les voie, d'abord doigts croisés puis mains à plat, puis doigts croisés de nouveau. Elle était nerveuse et s'est mise à penser que le confessionnal était un cercueil à cause du bois noirci, à cause de la forme étroite, à cause de la propreté. Le prêtre, cousin de madame Richer, a chicané Dée parce qu'elle était enceinte. Elle cherchait son air, l'écoutait la sermonner. Elle a essayé de renifler pour montrer qu'elle pleurait, mais n'en a pas été capable ; elle a fini par rire un peu. Elle devinait la main blanche du prêtre se frotter le front derrière la grille, et sans être certaine, elle a cru l'entendre soupirer « niaiseuse… ».

Plus tard, sous un ciel bleu et blanc, devant une maison spacieuse de Montréal flanquée de buissons de spirées aux rameaux défleuris, tout le monde se place sur les marches d'entrée pour la photo.

La lumière est bonne, mais le groupe est à l'ombre.

Le photographe visse une ampoule dans son réflecteur, puis dirige son monde de la voix, de la main. Première rangée au centre, les mariés rapprochés et les parents de part et d'autre. Deuxième rangée, la parenté proche. Le reste est placé avec les amis sur les marches du haut. Dée porte une robe de velours pourpre qu'elle a choisie pour estomper son ventre rondissant et un chapeau sombre aux bords droits, décoré de plumes raides. Elle crispe ses lèvres comme si elle réprimait un rire de toutes ses forces. Elle tient un petit bouquet de fleurs blanches, s'éponge le front par moments. Sarto s'est acheté un habit mille-raies pâle. Il a les bras collés contre le corps ; il attend que le photographe ait fini. Le sourire de ses parents ne tempère pas leur sévérité. À la droite de Dée, son père se tient raide, engoncé dans son costume comme s'il retenait son souffle. Sa mère a insisté pour que Sally la rejoigne sur la première marche. Triomphante, elle lui tient le bras.

Beaulieu, tout en haut parmi de vagues cousins, a le visage rouge et la cravate lâche d'un homme qui a trop bu, trop ri.

Après la réception, tous les cadeaux du trousseau sont entreposés au sous-sol dans une salle de jeu pour être transportés, au cours de l'été, dans le salon d'un bungalow en construction. Sarto et Dée auront une maison dans un développement appelé Le Domaine Chantilly. Les Richer l'ont payée quinze mille dollars, comptant.

La mère de Sarto n'a pratiquement pas parlé de la réception. Elle est restée longtemps dans un coin avec son cousin prêtre, souriant sèchement aux autres, refusant toute nourriture du buffet. De temps à autre, elle regardait Dée à hauteur du ventre et pinçait les lèvres.

Le motel Misty forme un grand L dont le pied longe le boulevard Taschereau illuminé de néons et d'ampoules clignotantes, du côté de la voie qui mène les voitures aux États-Unis; les chambres de luxe occupent cette partie. La hampe du grand L empiète sur des buissons de cenelliers; on y trouve des chambres moins chères dont la fenêtre des toilettes donne sur des resserres branlantes dans les cours de maisons. À l'encoignure des deux ailes, il y a un restaurant moderne tout en long, avec des banquettes de cuirette rose, des tabourets assortis, des tables d'arborite blanc moucheté rose et or, des comptoirs d'acier inoxydable, des passe-assiettes inlassablement astiqués, des étagères réfrigérées garnies de tartes meringuées, une fontaine à coke. Les serveuses portent un uniforme rose et blanc, avec petite coiffe et tablier; elles ont posé devant la porte, toutes en ligne par ordre de grandeur, pour la longue carte postale du Misty qu'on vend à l'accueil.

Les menus, les affichettes du menu du jour et les napperons de papier portent la devise du Misty: *With a smile.*

Dée ouvre grand la porte du restaurant et entre, heureuse, portant des verres fumés et un foulard de soie turquoise sur ses cheveux platine. L'odeur des frites au vinaigre met son cœur en fête.

Deux hommes en salopette sont accoudés au comptoir devant un café, le reste du restaurant est désert.

Elle se hâte vers la banquette qui donne sur la vitrine. Sarto la suit, une main dans la poche où il tripote de la monnaie.

Une serveuse aux cheveux noirs place deux napperons de papier devant eux.

— Comment vont monsieur et madame Richer ce matin? leur demande-t-elle.

— Deux œufs tournés avec bacon. Le café tout de suite, dit Sarto en se décrassant les yeux. Dée est ravie.

— Je peux-tu prendre une patate?

Éclatant de rire, la serveuse lui dit: «Oui tu peux, ma belle.»

— Avec un *grilled-cheese*.

Dès qu'elle est seule avec son mari, Dée ôte son foulard, s'ébroue la tête et place ses cheveux avec sa main.

— Ils sont fins icitte.

Sarto est bien content de l'apprendre parce que, l'informe-t-il, la maison du Domaine Chantilly ne sera pas prête avant la fin août, le début septembre. Il se peut que Dée doive passer un mois ici, au motel, peut-être même un mois et demi. Dée est surprise.

— Sinon on a pas de place à aller, Dée.

Sarto dit qu'il va lui laisser de l'argent pour ses petites dépenses et il s'est arrangé avec le patron du motel pour que Dée signe ses factures de restaurant avec son numéro de chambre.

— Pis toé?

Sarto a une rencontre cet après-midi. Beaulieu et lui ont décidé de trouver du travail stable. Il a ses papiers pour la conduite de poids lourds. Il sera camionneur. C'est un travail paisible. Il va rencontrer le dispatcher de Dubuc Cartage à deux heures.

— Mes parents vont être surpris, dit-il avec un petit rire de malaise. Très surpris, mais c'est pas eux autres qui décident. Ils ont pas à me dire quoi faire… C'est une job où tu te fais pas achaler, tu restes des jours sur la route, c'est tranquille. *On the road, baby…* Puis il y a de l'argent à faire *on the side* quand tu connais une couple de débardeurs.

Dée fait une moue. Il regarde ailleurs.

— J'ai trente-deux ans, Dée, lui confie-t-il, il faut que j'arrête de dépendre de mon père, faut que je travaille puis j'ai pas d'instruction. Tu peux pas savoir, tu m'as toujours vu tiré à quatre épingles. Mais chauffer, Dée, c'est à peu près la seule chose que je sais faire.

— Mais moé?

Sarto sort son porte-monnaie, en tire quelques billets et les lui donne.

— Si tu en veux d'autres, lui dit-il en regardant une Buick pie de l'année dans le stationnement, tu me le dis. Achète-toi des magazines. Repose-toi.

La serveuse aux cheveux noirs dépose une bouteille de ketchup sur la table. Son nom, Denise, est brodé sur le rabat de sa pochette.

— Denise? s'étonne Dée.

La serveuse s'arrête.

— Vous ressemblez tellement à ma tante Esther.

— Ah oui? fait-elle.

Voyant que la familiarité énerve Sarto, la serveuse sourit et n'insiste pas.

Sarto réprimande brièvement sa jeune épouse à voix basse, puis en s'allumant une cigarette, il regarde de nouveau, longuement, la Buick pie dans le stationnement, s'intéresse aux reliefs des moulures de chrome.

Quand les assiettes arrivent, Sarto souhaite bon appétit à Dée qui lui rend un merci timide. La radio joue une ballade swing de Dean Martin. Après un long moment de silence entre eux, Dée dit qu'elle est heureuse.

— Mange, lui répond-il avec un clin d'œil qui la rend, de nouveau, radieuse.

Dée passe ses journées à éplucher des *Photoplay* et des *Modern Screen* à la recherche de trucs pour crayonner ses sourcils ou laquer ses ongles, à lire avec une grimace qui lui échappe des magazines de décoration, des *National Geographic*. À détourer et colorer ses lèvres dans un miroir de poche pour faire des moues, des manières de sourire en cachant ses dents cariées. À s'exercer devant le miroir à ne lever que le sourcil droit pour simuler l'étonnement d'une ingénue. À éviter la femme de chambre. Éviter la femme de chambre à tout prix. À fumer une dizaine de cigarettes au restaurant jusqu'à onze heures, le temps que la femme de chambre ait fini la 6. À régler ses cafés en dessinant un 6 encerclé sur la facture. À s'essayer une fois à écrire *Mme Sarto Richer* pour voir la serveuse tracer un gros 6 par-dessus.

Sarto passe à peu près aux deux jours. Il vient, laisse une boîte de marchandises (des figurines de céramique, des bouteilles de fort, de la coutellerie), dit à Dée de ne pas fouiller et repart, vient reprendre la boîte le lendemain. Quelquefois, il reste une journée entière.

Quand il passe dormir, il se dévêt et fixe tristement ses vêtements marine. La fatigue l'abat. Il sombre dans une humeur maussade et refuse que Dée lui touche même l'épaule.

Un vendredi soir, après sa semaine de travail, il arrête au motel avec Beaulieu. Il se douche pendant que son ami l'attend, assis devant le téléviseur massif. Dée s'enfouit le visage dans un *Photoplay* où Grace Kelly, rose et blonde, pose à la une. Pendant que Sarto chantonne sous l'eau, Beaulieu passe une remarque sur l'élégance racée de cette actrice tout en regardant Dée comme s'il contemplait un gâchis. Ne sachant que répliquer, Dée ricane niaisement, cache son ventre, espère que Sarto fasse vite dans la douche pour qu'il emmène son ami ailleurs. Les hommes sortent le vendredi soir.

Dans la soirée, elle languit dans le lit défait, va à la fenêtre et contemple le boulevard Taschereau, les néons roses, verts, jaunes, la clôture Frost qui enclôt le stationnement, le concessionnaire d'autos à gauche du Handy Andy, les motels qui proposent la télévision. Les autos qui filent aux États-Unis pour attraper le dernier programme d'un ciné-parc. Elle retourne au lit. L'imagination bavarde, elle s'endort d'épuisement.

Un jour de la fin de juillet, un après-midi, elle va au restaurant du Misty, sirote à la paille un verre de coke noyé de glace pilée. Un Américain lui sourit de son tabouret. Un homme assez grand dans la vingtaine aux cheveux pâles en brosse avec des lunettes de corne, la pomme d'Adam irritée par le rasage. Il la regarde dans les yeux, lui parle du beau temps en branlant son genou comme un adolescent impatient. Elle s'émoustille, lève le sourcil droit puis fait un, deux, trois sourires en prenant garde chaque fois de ne pas découvrir ses dents gâtées. Lui, il pivote sur son banc au comptoir. Elle, sur sa banquette, se trémousse derrière son coke, triture un bouton de son cardigan rose à hauteur de ses seins, mâchonne sa paille pliée. Alors qu'il s'approche d'elle d'abord hardiment, il devient soudainement plus poli et, debout près de sa table, sa politesse vire immédiatement à la distance. Il lui demande pour quand est prévu le grand événement. Dée ne comprend pas, finit par se rendre compte qu'il est question de son ventre.

— *Oh… around Christmas.*

Il lui demande si elle a choisi des noms.

— Je sais pas, *I mean I don't know. My husband'll think of something.*

Avant de prendre congé d'elle, l'Américain lui dit courtoisement qu'il a été bien content de la rencontrer.

— *Sure*, soupire-t-elle.

Déroutée, elle continue de jouer avec sa paille, s'allume une cigarette, souffle sa fumée. Elle le regarde enfin, tout émue, monter dans sa voiture, prendre le chemin des États.

Elle retourne à la chambre 6, jette son magazine sur le lit bien lissé, s'assoit sur le bord. La femme de chambre a tout nettoyé et elle a, peut-être selon une façon de faire du Misty Motel, rangé les objets qui traînaient par ordre de grandeur. Sur la commode il y a une brosse à cheveux, un crayon à sourcils, un Q-tip maculé de fond de teint, trois pinces à cheveux, tous parallèles. Sur la table de chevet, deux flacons de vernis à ongles et un tube de rouge sont en ligne contre une grosse bouteille carrée étiquetée *Eau de muguet*, le cadeau de mariage de sa mère. Dée n'en porte jamais. Elle ouvre le flacon, le renifle un peu et le rebouche. C'est comme un jouet.

Un mardi matin, Sarto est là au réveil, déjà en chemise blanche bien repassée, il fait des téléphones en mettant ses boutons de manchettes. Quand il a fini, il propose à Dée de faire une visite de leur cadeau de noce.

— Quel cadeau?

— La maison, Dée! Notre maison… On va aller voir où ils sont rendus.

Dée est prise d'une joie si vive qu'elle se met à babiller, à battre des mains en sautant sur le lit comme une fillette. Sarto détourne la tête, lui dit de se dépêcher. Elle enfile une jupe en continuant son babil. Exaspéré, il sort l'attendre dans sa Chrysler pour ne plus l'entendre.

Le Domaine Chantilly est un chantier actif. Sarto navigue entre diverses remorques chargées de briques, de poches de plâtre, de vitres. Il reconnaît un chauffeur dans une remorque vitrière et dit à Dée d'aller marcher un peu jusqu'à la maison au coin de Fragonard et Bretagne, il va l'y rejoindre bientôt.

La maison que Dée habitera est entourée par les briqueteurs qui se lancent à la chaîne les briques pour les monter jusqu'en haut de l'échafaud. Le geste est régulier, expert et sûr. On ne sait pas encore quel aspect aura la maison, ni la couleur des châssis, ni le numéro civique qu'on vissera dans la brique près de la porte. Dée reste en retrait, presque craintive. Un ouvrier assis sur le toit lui demande si elle cherche quelqu'un. Elle écaille le vernis de son pouce gauche et fait mine de n'avoir pas entendu.

— Dépêche, Sarto… Dépêche…, grommelle-t-elle en regardant ailleurs.

Quand Sarto la rejoint, il lui fait monter les marches du perron en la tenant par le coude.

— On va visiter, lui dit-il.

Le plâtre des murs a encore une odeur forte. Les planchers sont bruts.

— Regarde, c'est nos affaires! s'écrie Dée.

Au centre de la pièce qui sera le salon, devant un foyer de briques, une montagne d'objets a été recouverte d'une bâche salie de poudre blanche, de clous perdus et de bran de scie. Elle veut soulever la bâche mais Sarto la retient.

— Fais le tour vite, lui dit-il en regardant sa montre, je veux pas rester trop longtemps.

Dée va voir chaque pièce, comme obligée. Elle s'excuse auprès des charpentiers qui vissent les armoires de cuisine. L'homme qui colle les tuiles de la salle de bain lui hurle de ne pas entrer. L'ouvrier qui ponce les encoignures de la grande chambre l'ignore. Dans la petite chambre, pour ne pas brûler le bois franc, quelqu'un a fouillé dans le trousseau et emprunté un cendrier de céramique en forme de feuille de bananier. Gardant les bras croisés pour ne pas salir ses coudes contre les murs frais, elle se retourne vers Sarto et murmure: «O.K.» Ils sortent de la maison.

Dans la voiture, sur le chemin du retour au Misty, Sarto est silencieux.

— Ça va-tu prendre du temps à sécher? demande Dée.

Sarto ne comprend pas ce qu'elle veut dire, répond: «Non, non...»

— Je veux dire le plâtre, la peinture, toute. Combien de temps encore?

Sarto assure qu'il y a des gens qui sont déjà rentrés dans leur bungalow. Au moins cinq ou six maisons du Domaine ont déjà du monde.

— Je figure, conclut-il, qu'en dedans d'un an, tout le Domaine va être occupé.

La dernière nuit qu'elle passe au motel, la veille de son arrivée au Domaine Chantilly, elle n'arrive pas à dormir. La rumeur du trafic est forte, les autos qui filent sur le boulevard Taschereau l'énervent. Sarto à ses côtés dort profondément. Elle voudrait aller voir les autos, respirer leur fumée grise, arrêter les Américains qui les conduisent, leur demander où ils vont à cette heure de la nuit, les écouter répondre n'importe quoi pendant qu'ils reluquent ses seins gonflés dans le bâillement de sa chemise. Elle pose la main sur son ventre qui a rondi sérieusement, se souvient d'Esther qui sautait en bas d'une table avec des talons hauts pour décoller l'enfant qu'elle portait. Énervés, tapant des mains, Charly et elle s'attendaient réellement à voir une poupée tomber par terre. Sa mère était entrée en colère et avait fait sortir tout le monde de la cuisine, pour sermonner sa sœur. La seule fois, se souvient Dée, où elle a entendu Esther pleurer.

Dée regarde la table de chevet, la trouve bien petite.

Elle place l'oreiller entre ses jambes. La fraîcheur de la taie est bienfaisante. Sarto grogne ; le mouvement de Dée l'a dérangé.

Les parents Provost, Sarto et Dée descendent devant le 76 Fragonard, laissant la Chevrolet blanche flambant neuve en oblique, quelque part sur le gravier qui deviendra, un jour, une bande de terre gazonnée, entre le trottoir et la rue. Sarto explique à monsieur Provost comment sera la rue quand ils auront fait les bordures de trottoir et posé le gazon.

— Tout le Domaine Chantilly, explique-t-il, va avoir le même modèle de terrassement. Tout va être délimité. C'est américain.

On entend des coups de marteau, des frottements de scie venant des maisons voisines.

Chaque lotissement du Domaine Chantilly fait à peu près la même superficie mais chaque habitation a son style. En avançant dans la rue Fragonard, on voit une maison canadienne, un split-level floridien, un bungalow rendu espagnol par un élément de fer forgé, un cottage peut-être suisse à cause des traverses foncées sur le fond de stuc. La maison de Sarto et de Dée au 76 Fragonard est sobre, mais elle a trois supports massifs saillant sous la fenêtre du salon, destinés à recevoir une longue boîte à fleurs. Les autres maisons n'en ont pas.

Le ciel de septembre est couvert, tout en gris et blanc, un peu froid aujourd'hui. Les lots de terre écorchée attendent leur garniture de rocaille, de verdure, de haie. En face, un ouvrier à cheval sur le toit cloue des bardeaux d'asphalte d'un bleu un peu lavé qui s'harmonise avec le larmier, les allèges et les châssis. Le père de Dée le regarde travailler.

— Ton voisin? demande-t-il à sa fille.

Dée fait signe qu'elle n'en sait rien.

— C'est qui?

— Je le connais pas, p'pa!

La mère de Dée étrenne un manteau de mouton de perse, fait des pas inutiles, de soudaines volte-face rien que pour sentir, sur elle, le poids de la fourrure grise. Elle a des gants de chevreau charbon qui la portent à faire des manières avec ses mains. En montant les marches au bras de Sarto, elle le remercie.

— *People are gonna think I'm crazy*, mais je pouvais pas attendre pour le mettre. *I just love it*, Sarto, je l'aime assez que je pense que je vas me coucher avec.

— J'ai eu un prix pour, j'ai un ami dans le transport des fourrures, dit Sarto en prenant sa main, tâtant, pour l'apprécier, le moelleux du chevreau.

— *I don't wanna know*, le coupe-t-elle, en lui faisant un clin d'œil.

— Bon, on se dépêche, dit le père en montant les marches.

Il jette un coup d'œil aux supports de ciment qui sortent sous la grande fenêtre du salon, et crie à sa fille déjà à l'intérieur: «*Hey*, la petite, ça va te prendre des boîtes à fleurs.»

Au salon, Sarto et la mère de Dée s'affairent en semble à ôter le drap qui housse le divan afin de rendre la pièce vivable. Ils appellent Dée et son père pour venir tasser dans un coin les objets du trousseau qui encombrent le guéridon, mais Sarto change tout de suite d'idée et refuse que Dée participe.

— Ah non, c'est vrai, il faut que tu te reposes, lui dit-il en l'assoyant dans le fauteuil.

Mal à l'aise, Dée regarde faire les autres en flattant avec ostentation son ventre rond qui sort de la chemise de chasse de Sarto, une chemise rouge un peu molletonneuse avec de grands carreaux sombres qu'elle porte ouverte la plupart du temps, par-dessus une autre chemise d'homme plus grande.

— C'est la seule chemise qui me fait. Encore là... je la boutonne de force, dit Dée. Quand je me promène, le monde me regarde. Ils doivent se demander... Je sais pas...

Une fois qu'on a fini d'improviser le salon, Sarto décapsule des O'Keefe froides qu'il avait laissées dans le frigidaire. Puis, tenant un sac d'arachides salées, il regarde sa belle mère en demandant: «Les bols à salade?» Avec des gloussements où passe du bonheur, ils fouillent dans les boîtes, dans les sacs, à la recherche des petits bols à salade en bois qu'une tante de Sarto a offerts au couple.

Monsieur Provost soupire. Il dit, pour la troisième fois, qu'il ne devrait pas laisser les chevaux seuls à Handfield. Il va à la fenêtre et marmonne qu'ils ne pourront pas rester longtemps. Visiblement inconfortable dans ses vêtements de ville, il s'étire le cou, rentre un doigt sous sa ceinture qui l'étrangle. Il revient au centre du salon et se met à balancer son poids d'une jambe à l'autre comme pour tester les solives du plancher, ensuite il va faire le tour des autres pièces, attentif à l'œuvre du plâtrier. Il passe sa main à plat sur les murs.

— C'est ben drette, commente-t-il.

— P'pa! P'pa, viens m'aider, dit Dée en se levant du fauteuil.

Elle déchire l'emballage du miroir moderne qui vient de sa tante Esther. Elle saisit l'objet, un miroir ovale d'une grandeur qui fait un bon plan du visage et des épaules, avec des entailles décoratives tout autour et, dans le bas, une applique de fer qui ressemble à des feuilles d'orme. Inspirée, Dée tient le miroir contre le mur près de l'entrée.

— On va le mettre là, décide-t-elle.

— Dée… On fera ça plus tard! dit Sarto en rentrant dans le salon avec les bols de bois.

Monsieur Provost, déboutonnant déjà sa manche, lui demande s'il a un marteau, des clous. Sarto fait signe que non.

La mère invite tout le monde à venir s'asseoir dans le salon. Sarto l'écoute lui donner des nouvelles de Sally qui lui écrit à tous les mois depuis qu'elles se sont revues. Elle parle aussi de sa sœur Esther qui vit en Ontario, mariée, heureuse. Le père de Dée s'esclaffe et passe une remarque ironique.

— *Oh shut up*, lui dit la mère, en s'efforçant de garder son calme.

Dée pose le miroir par terre et l'accote délicatement contre le mur. Elle reste là un instant pour s'assurer que l'objet est bien déposé, qu'il ne glissera pas.

On entend une portière claquer devant la maison.

— *Heavens! That must be Charly!* dit la mère en affectant un ton souverain et un accent britannique qui font rire Sarto.

Dée va ouvrir la porte. Charly envoie la main à l'auto qui repart, et court vers sa sœur. Il est grand et maigre. Ses bottes de cow-boy, qui le grandissent davantage, sont sales.

— Toé, tu rentres pas chez nous avec ces bottes-là, déclare Dée. T'es plus sur la rue Fournier icitte.

Charly éclate de rire puis, voyant que sa sœur est sérieuse, il crie : «*M'ma!*» Les bras croisés, Dée dit à sa mère qu'elle ne veut pas que Charly salisse son plancher de bois franc avec «ses bottes pleines de bouette», ce à quoi Sarto, resté au salon, répond à voix haute que ce n'est pas grave.

— *Audrey*, lui dit sa mère d'une voix forte comme si elle parlait à tous, *your brother is family*.

Charly ôte ses bottes quand même et, en cachette, tire la langue à sa sœur.

— *Jerk!* lui lance-t-elle tout bas.

Monsieur Provost dit qu'il faudrait penser à partir maintenant que Charly est arrivé et Sarto lui offre une bière.

Dée va aux toilettes. Les carreaux de céramique rose et noir sont matés par une poussière de mortier. Il faudra les astiquer. Elle trace un trait propre de son doigt. Elle urine en fermant les yeux, en respirant pesamment, en pensant : «Allez-vous-en… Allez-vous-en…»

Elle se lève péniblement.

Dans la pénombre du passage, elle s'adosse contre le mur pour rester seule encore un peu, se couper des conversations, des rires. Elle se retourne contre le mur comme on se retourne dans le lit pour s'enfouir le visage contre le drap et passe sa main sur le mur neuf que la peinture au fusil a texturé comme un cuir. Elle colle son nez contre le mur et respire les odeurs d'huile et d'essence. La propreté. Elle se réjouit à penser qu'elle est la première à toucher la surface neuve, la première au monde à mettre ses doigts sur ce mur-là, à cet endroit précis.

Sa mère la surprend et lui demande ce qu'elle fait dans l'ombre.

— Je faisais juste sentir la peinture, explique Dée en esquissant un sourire maladroit.

Sa mère ferme les yeux lentement, comme pour retenir une réaction. S'approchant d'elle, elle lui dit: «*You don't know your luck, girl*» et, après une seconde où elle crispe la mâchoire, elle le répète.

Dée se tient le ventre et retourne au salon. Sans les regarder, elle dit aux gens qu'elle sort.

— J'ai un peu mal au cœur, ajoute-t-elle, je vais aller m'asseoir sur le perron.

Sarto fait un clin d'œil à monsieur Provost. Elle ouvre et ferme la porte doucement, ralentie par la charge de son ventre qui, en fin de journée, semble lui tomber dans les jambes, semble peser une tonne.

Le soir commence. Le ciel est maintenant coloré. L'air fraîchit. L'homme d'en face a fini son toit. Un jeune couple en grosses vestes de laine marche main dans la main, là-bas, avenue de Dieppe.

On a entrouvert la fenêtre du salon pour faire sortir la fumée des cigarettes, ce qui fait que Dée entend toujours les rires, les phrases. Elle s'allume une cigarette, regarde son jet de fumée se dissoudre dans l'air froid.

Derrière elle, le 76 blanc se détache sèchement sur la plaque d'émail marine.

— 76 rue Fragonard, dit-elle avec satisfaction.

Elle secoue sa cendre qui roule sur le perron neuf, à la fois vannée par sa journée et excitée par sa maison,

excitée par les nouveaux mots qu'elle a entendus aujour-
d'hui : Chantilly, Fragonard, limite nord, domaine…

Elle bâille et, tout à coup, elle relève la tête et ses yeux
s'embuent à l'idée qu'il n'est plus possible pour elle,
désormais, d'aller flâner au restaurant du Misty avec le
dernier *Photoplay* ou de regarder la file des décapo-
tables cirées qui se précipitent aux États-Unis. Tout ça
c'est fini.

Plâtre frais

Le voisin d'en face s'est fait livrer un camion de terre noire pour chausser un petit érable à sucre qui attend, les racines ensachées dans le jute. La glaise n'aide pas. Les mottes de gazon prennent difficilement racine. Des remorques en ont apporté des tonnes, empilées comme autant de gâteaux roulés fourrés de verdure. On les a accolées comme des tuiles et elles ont jauni. Certaines pelouses sont un carrelage de couennes durcies.

Les buttes qui font un talus contre le solage avant du 76 Fragonard sont, elles aussi, faites de terre importée. Des camions y ont vidé des bennes d'un humus bien gras arraché à quelque pré arable au bord du fleuve. Les pétunias prennent bien. La pierraille blanche fait de beaux soulignés.

Derrière le rideau du salon, tenant un petit chien blanc et brun dans ses bras, Dée fixe la rue de gravier. Elle s'est glissée derrière le sofa et a entrouvert le rideau pour regarder le voisin d'en face tuteurer son arbre, pour l'observer. Puis d'image en image, elle est restée entre deux rideaux, figée dans ses pensées, mâchonnant l'intérieur de ses joues avec ses gencives nues, grattant les oreilles du petit chien. Le voisin travaille avec méthode, déposant chaque outil avant d'en prendre un autre.

En s'essuyant le front, l'homme aperçoit Dée et la salue poliment. Elle fait un petit salut de la main, puis referme le rideau. Le voisin fait ça depuis qu'il a emménagé au début de l'été. Chaque fois, il envoie un signe courtois. Chaque fois, elle se défile.

— La minute que je vas avoir mes dents je vas pouvoir aller parler au monde, dit-elle au petit chien. Me vois-tu pas de dents aller dire bonjour. C'est pas l'Halloween!

Devant le miroir moderne du salon elle étire ses lèvres avec ses doigts, examine ses gencives, teste la sensibilité des alvéoles refermés. Elle a encore une semaine à attendre avant qu'on prenne l'empreinte pour lui faire un dentier. Elle gratte un petit bouton blanc sur son menton, le pince avec ses ongles, essuie le bourbillon sur son chemisier. Le bébé s'agite dans la chambre bleue, on l'entend toussoter. Dée pose devant le miroir. La tête renversée par un éclat de rire muet à la Marilyn Monroe. Une moue sérieuse à la Kim Novak. Elle suce son index, le mord de ses gencives et joue à faire un va-et-vient timide entre les gencives, puis contre la langue. Le bébé pleure.

— Pas encore! se plaint-elle en laissant le petit chien sauter par terre.

Elle va à la chambre bleue, jette un coup d'œil au lit d'enfant. Elle s'approche du lit à ridelles. À sa vue, le bébé cesse ses pleurs.

— Tu pleures pour rien! grommelle-t-elle en serrant les poings.

Elle claque la porte, furieuse. Elle enfile un gilet. Elle sort. C'est décidé.

Dehors c'est une journée fraîche de septembre. Elle cligne des yeux à cause du soleil. À la vue du voisin elle s'arrête tout de suite sur le perron. Il laisse sa bêche pour traverser la rue. Il tient un sac de papier brun. Il se présente. Il s'appelle John Czerwinsky. Il est un mélange de Tchèque et de Polonais. Son épouse est une Polonaise pure. Il a cinquante-deux ans aujourd'hui.

— *Happy birthday*, lui souhaite-t-elle immédiatement.

Il se reprend tout de suite en disant: «*Sorry, I thought...*»

— Ah, c'est correct, l'interrompt-elle, je parle français.

Elle parle en cachant sa bouche de sa main. Il le remarque.

— J'attends mon dentier.

Il compatit; lui aussi en a un.

— Tous ceux qui ont de belles dents les ont payées, déclare-t-il.

— Montrez moi le donc!

Monsieur Czerwinsky reste interdit une seconde, ne sachant que faire, voyant bien que la jeune fille semble honnête. Il surmonte son embarras et lui dit que ce qu'elle vient de faire, demander ça à un étranger, ça ne se fait pas. Il voit bien qu'elle est sans malice, mais il ne faut plus qu'elle fasse ça. Ça ne se fait pas. On ne demande pas aux gens de sortir leur dentier, en plein jour par-dessus le marché. Sa fille à lui n'aurait jamais fait ça. Il lui dit ça pour lui rendre service.

— Je le ferai plus...

Il n'a pas entendu son murmure. Dée se répète en baissant les yeux.

Il considère les buttes non jardinées de Dée et l'informe que si elle veut des tulipes ou des narcisses au printemps prochain, c'est aujourd'hui qu'il faut planter les bulbes. Aujourd'hui, dit-il, c'est une bonne journée pour ça. Il était venu lui en proposer quelques-uns, il en a beaucoup. Il tend le petit sac brun.

— Non, merci. Ça me tente pas. Merci pareil.

Dée rentre. Elle retourne aux rideaux du salon épier monsieur Czerwinsky. Il a un chapeau de jardinier. On dirait qu'il joue à retourner et à presser la terre autour de son jeune arbre.

Derrière elle, le sofa est défait, les coussins du dossier sont empilés sur la marche du foyer. Beaulieu a dormi dans le salon la nuit dernière. Sarto et lui sont rentrés un peu chauds avec ce petit terrier bâtard qu'ils appelaient Rémi, un nom qui les faisait pouffer de rire sans qu'il soit permis à Dée de savoir pourquoi.

— Je vas l'appeler Puppy, a-t-elle décidé.

Sarto a pensé que le chien la désennuyerait.

Dans la chambre rose, après avoir pénétré hâtivement son épouse, Sarto a rampé jusqu'à son lit jumeau pour ronfler, étalé en croix sur ses couvertures. Dée est restée lovée dans son drap, à chercher son plaisir toute seule.

Ce matin, de bonne heure, il s'est levé tout nu et a été faire le tour du salon. Dée l'entendait faire semblant de chercher la laisse du chien, prétextant qu'il allait promener Rémi sur-le-champ. Le spectacle faisait rire Beaulieu, Beaulieu qui n'osait sûrement pas relancer l'exhibition à cause de Dée qui aurait pu surgir. Mais, même réveillée, Dée se levait rarement avant dix heures.

Elle a entendu Sarto déplier un journal sur le plancher de cuisine et pisser un peu dessus, expliquant à Beaulieu, ahuri, que les chiens «marchaient à l'odeur» et que c'était comme ça que Rémi comprendrait où faire ses besoins, à l'odeur.

Ensuite, il est allé embrasser son fils, est allé le chatouiller, l'a pris dans ses bras. Chaque expression de l'enfant l'a apparemment ravi. Beaulieu, collé contre le chambranle, a dit qu'il ne voulait pas déjeuner ici; il voulait aller déjeuner au Chanteclerc. Sarto a tout de suite approuvé le projet et ils se sont habillés.

Sarto a prévenu Dée, abrutie, que Beaulieu et lui s'en allaient et ne reviendraient pas avant deux semaines. À cause de livraisons à Halifax, a-t-il expliqué. Dée a compris qu'elle ne verrait pas Sarto avant longtemps, comme d'habitude.

— Je suis toujours toute seule, Sarto…, s'est-elle plainte d'une toute petite voix.

— Je t'ai laissé de l'argent en arrière des tasses.

Il partait avec une remorque de la compagnie pour faire des allers-retours qui ne permettaient pas d'arrêts, il avait des amis débardeurs à rencontrer au port. Elle l'enserra en boudant, descendit sa main le long de ses reins jusqu'à sa hanche, puis la glissa sous le caleçon. Au toucher des poils sur la fesse de Sarto, elle sentit son désir la reprendre quand ses yeux croisèrent ceux, froids, de Beaulieu. Le bébé se mit à rechigner. Dée, maussade, exhala un soupir bruyant.

Quand les hommes ont été partis, Dée est allée ramasser la pinte de lait que le laitier avait laissée sur le perron. Chaque matin, elle entendait le tintement sec du verre contre le ciment et attendait, quelques minutes, que le camion du laitier soit passé pour aller cueillir sa bouteille. Le vendredi, quand venait le temps de payer le lait, le beurre et les œufs de la semaine, elle tendait l'argent et attendait sa monnaie, à l'ombre dans le bâillement de la porte, la main devant la bouche, la tête penchée. Dès qu'elle avait refermé la porte, elle courait aux rideaux pour observer, le temps qu'il retourne à sa camionnette, la silhouette élancée du laitier, ses épaules anguleuses, ses fesses. Le livreur de boulangerie, lui, est gros. Elle lui trouve un air dur. Elle ne l'aime pas.

Elle a décapsulé une conserve de purée et l'a vidée dans une poche à douille en caoutchouc. Elle a fourré le trou de la poche dans la bouche du nourrisson. Elle a pressé un peu ; le bébé a avalé. Elle a pressé encore ; le bébé a avalé encore. Elle a pressé davantage ; le bébé s'est étouffé, a régurgité la purée de carotte.

— Fais-tu exprès ! a-t-elle dit, fâchée.

Elle a débarbouillé l'enfant vitement.

— Ça pue. C'est-tu toé ?

Elle a changé la couche du bébé et en chemin pour le lit d'enfant, elle a mis son pied nu sur un étron du chien.

— Puppy ! Maudit !

Après avoir saisi le chien pour lui fouetter la cuisse avec la poignée de la laisse en criant : « Fais plus ça ! » elle s'est lavé le pied dans la cuvette. Elle est retournée s'affaler sur son lit par-dessus les couvertures en désordre.

Les vêtements sales de Sarto jonchaient le plancher. Une chemise bleu pâle froissée, brûlée par la sueur aux aisselles. Un pantalon marine élimé au fessier, aux genoux, embourbé au mollet droit. Un caleçon taché de ronds pâles. Une chaussette grise, une seule, à la semelle raidie. Elle n'arrivait pas à se rendormir. Elle a passé son index dans les plis de sa vulve, puis l'a porté à son nez, l'a frotté contre son pouce pour éveiller son parfum salé.

Elle s'est levée pour de bon vers midi, et s'est fait un café instantané. Elle l'a bu en considérant une flaque d'urine sur le journal.

— Mon ti-Puppy, ça va te prendre plus de gazette, a-t-elle dit au chien. Ça va te prendre quasiment un journal par semaine.

Elle a retourné la poche à douille puis, avant de la rincer sous le robinet, elle a fait lécher les restes de purée froide au petit chien.

Et elle passe une partie de l'après-midi, entre le sofa et les rideaux, à épier monsieur Czerwinsky qui bine son parterre, qui l'a réprimandée tout à l'heure à cause du dentier, qui a cinquante-deux ans aujourd'hui. Elle pense que le Domaine Chantilly sera plus fréquenté quand ils auront fait l'asphalte. Elle passe une grosse heure dans les rideaux à caresser les oreilles de Puppy.

Devant le miroir moderne, elle examine de nouveau ses gencives. Puis elle maugrée d'impatience, la tête contre le mur.

Alors qu'elle est là à rouler son front moite contre la fraîcheur du mur, on frappe à la porte. Le cœur battant, un peu craintive, elle ouvre à un homme court et rond, chauve sauf pour une mèche bien collée sur le crâne qui rejoint en arceau sa mince couronne de cheveux. Il a un bout de cigare éteint dans le coin de la bouche.

— Sam Previn à ton service. Des robes, des suyiers, des bas, des foulards, même des sacoches.

Il dépose une immense valise et tend la main.

Dée laisse entrer le démarcheur, replace les coussins à toute vitesse pendant que Puppy saute autour d'elle.

— Il y a eu du monde hier, c'est pour ça que les coussins…, commence-t-elle fébrilement.

— Chus pas venu voir ton ménage, chus venu te montrer des affaires, l'interrompt-il en ouvrant deux valises de carton.

Délicatement, il dépose son bout de cigare éteint dans le cendrier en feuille de bananier, le niche dans un créneau large moulé exprès pour les cigares. Du regard il fait le tour complet de la pièce et revenu à Dée, sans indice aucun sur ce qu'il pense du foyer de la dame, il regarde Dée dans les yeux.

— On commence? demande-t-il.

Avec précaution et l'habitude de ses gestes, il déploie sur le divan trois robes-chemises de modèle semblable, mais aux imprimés variés: blanc avec une bordure de fleurs brodées, petits pois jaunes, motif arlequin. Dée n'allume pas. Sans broncher, il les rafle et en étend trois autres. Dée s'extasie aussitôt. Monsieur Previn semble étonné du choix de la jeune fille, mais il lui dit avec une autorité placide: «*You've got good taste. Try it on.*»

Dée va s'enfermer aux toilettes et revient au salon avec une robe blanche échancrée et fortement froncée à la taille, donnant du mouvement à d'énormes pivoines marine. L'effet est spectaculaire.

— *It's you*, décrète le vendeur.

Dée prend des poses élégantes, puis coquettes. Monsieur Previn veut lui proposer quelques accessoires.

— Sais-tu, lui demande-t-il en cherchant un sac à main, c'est quoi qui irait bien avec ça?

— Des dents? lui répond Dée en découvrant ses gencives d'un grand sourire.

Pantois devant la franchise de sa cliente, monsieur Previn marque une pause avant d'acquiescer.

Dée prend trois robes, un sac à main en poult-de-soie turquoise, une chemise de popeline rose et une jupe fourreau charbon un peu serrée. Elle fouille dans l'armoire, derrière les tasses et paie tout sur-le-champ. Vu qu'elle règle tout de suite, monsieur Previn lui fait un prix pour des bas. Deux paires de souliers à sa pointure seront livrés dans deux jours.

Quand elle est fin seule, Dée virevolte au milieu du salon, les bras levés en l'air comme une ballerine.

— Le jour de mon dentier, dit-elle à Puppy, je vas te promener avec une robe neuve. Le monde va me regarder. Ils vont dire : «C'est qui, celle-là ?» Han, Pupp' ?

Puppy sautille autour d'elle.

Une quinzaine plus tard, en descendant devant chez elle, Dée claque la portière du taxi Moquin tellement fort que le chauffeur s'exclame : «Casse pas toute, bonyeu!» Elle est resplendissante et rieuse. Coiffée. Blonde. Elle bouge beaucoup. Ses lèvres rouges ont un dessin parfait. D'un petit signe sec, affectant l'insouciance, elle salue une voisine en tenue de jardinage, affairée au désherbage.

Elle paie la gardienne qui a déjà sa veste sur le dos et, tout à coup, elle lui demande de rester encore une petite demi-heure.

— Je vas être juste en face chez les Czerwinsky, lui dit-elle sans attendre de réponse.

Elle traverse la rue en ébrouant ses cheveux presque platine avec des manières de star. Comme plusieurs, les Czerwinsky n'utilisent jamais la porte d'en avant. Dée fait le tour de la maison, passe par la cour et va frapper à la porte arrière, une porte de plain-pied qui donne sur un palier où se rencontrent l'escalier de la cave et les trois marches montant à la cuisine. C'est madame qui lui ouvre. Monsieur n'est pas là.

Le tablier de madame Czerwinsky est taché de jus de betteraves, de chocolat et peut-être de viande ; quand elle parle, elle garde ses paumes à plat sur ce tissu. Elle a une cicatrice en ligne droite qui traverse sa joue, de la mâchoire jusqu'à l'œil.

— Je voulais juste lui montrer ma robe… parce que… j'ai eu mes dents, pis…

Dée se tait, fixe la joue de madame Czerwinsky. La femme dit, avec un accent fort, que c'est une baïonnette allemande. Puis elle touche le bras de Dée en lui souriant, elle dit que tout ça est derrière elle maintenant.

Elle retourne à sa cuisinière baisser le feu. Un ragoût de porc fortement saugé embaume la cuisine. Il y a des carottes grattées à côté de leurs fanes en botte sur le comptoir.

— C'est drôle, on a la même cuisine…, dit Dée à madame Czerwinsky qui ne l'a pas entendue.

Elle s'étonne de voir que ses voisins semblent avoir, à l'intérieur, le même plan que chez elle, le même escalier, les mêmes armoires. Tout est pareil. Sauf les couleurs. Et puis l'odeur. Elle s'assoit dans les marches, les yeux vis-à-vis d'un linge de table qui sèche sur la balustrade de fer forgé. Madame Czerwinsky s'affaire à écumer un bouillon en jasant. Elle explique l'absence de son mari : sa fille et son gendre viennent les visiter demain, il y a tant de courses à faire. Dée n'écoute pas, elle s'abîme dans le détail d'un rapiéçage bien carré dans le coin du linge qui sèche et elle se calme jusqu'à devenir légèrement mélancolique. La cuisine des Czerwinsky, qui mêle des odeurs de ragoût et de savon, lui donne envie de pleurer. La Polonaise la tire de ses songes en lui proposant un thé bien noir, bien fort.

— Non merci, Madame. *Can't stay*, dit-elle en se raplombant.

Bien décidée à profiter d'une journée radieuse, Dée retourne chez elle en ballottant son sac à main, en passant la langue sur ses dents neuves.

Elle renvoie la gardienne. L'adolescente lui dit que le bébé est maigre, que ce n'est pas normal. Dée replace ses cheveux dans le miroir moderne.

— Il a toujours été de même.

— Des enfants, il faut que ça mange, dit la jeune gardienne.

Dée est ravie de sa dentition. Elle se retourne et sourit à la gardienne.

— Merci, ma belle. Tu peux t'en aller.

Dès qu'elle est seule, Dée virevolte en chantonnant dans le salon.

— Oh, j'vas appeler *M'ma !* s'écrie-t-elle soudainement.

La main sur le combiné noir, Dée calme sa respiration et cherche quoi dire dans sa tête. Elle reste assise, ramène sa main sur son genou, réfléchit puis laisse tomber. La maison est silencieuse. Elle remarque des moutons de poussière sous le buffet.

Elle va voir l'enfant.

— Est-tu belle, ta maman ? demande-t-elle au bébé qui dort.

De retour au salon, elle classe quelques papiers en tas sur le dessus du buffet. Des vieilles enveloppes de paie de Sarto, des bons de commande de Dubuc Cartage, des griffonnages, un bout de crayon émoussé, un cendrier contenant un bouton de culotte et une aiguille, un boulon graissé, une paire de ciseaux de couture. Mais la tâche l'ennuie tout de suite et elle brasse et rebrasse la pile pour remettre les papiers en désordre.

— Ça donne rien…, dit-elle en regardant le bout de crayon rouler par terre.

Elle passe la langue sur ses dents, sur le dôme rose du palais. Elle sort sa prothèse et l'admire au grand jour, puis nasille : « La fille de monsieur Czerwinsky, elle, elle fait pas ça. »

— Attends que Sarto voye ça! zozote-t-elle.

Quand elle replace son dentier, Puppy fait le beau et gratte son mollet.

— C'est pas du manger, Pitou! C'est mes dents! dit-elle en riant. Viens!

Elle happe le chien d'une main et l'embrasse, rit de plaisir quand elle sent la langue rose de Puppy passer sur ses joues, sur le coin de sa bouche, sur le nez. Il fourre sa truffe fraîche dans son oreille et y rentre sa langue.

— Arrête! glousse-t-elle.

Elle le maintient par les flancs pour qu'il continue.

— On s'aime, han, Puppy? On s'aime, han…

Elle va s'asseoir dans le fauteuil en pressant le jeune chien contre son sein, en l'écrasant jusqu'à ce qu'il geigne. Ensuite, elle joue à le consoler, lui bécote le museau et, par accident, le bout de sa langue rencontre celle, chaude, du chien. Elle rit. Elle renverse la tête en riant et maintient proche de sa gorge la tête du chien qui lape tout. Puis, elle le place sur son ventre et le calme en lui caressant l'oreille, en passant ses doigts dans le pelage de ses côtes. La patte de Puppy, en cherchant un appui, griffe l'entrejambe de Dée. Elle le relâche, mais il reste sur elle à jouer sur ses cuisses, à mordiller le nœud du ceinturon de sa robe et, tout à coup, à renifler le pubis sous le coton de la robe.

— Petit cochon…, murmure-t-elle.

Un matin, elle est assise sur son perron de ciment de bonne heure avec des lunettes de soleil pour regarder la vie du Domaine Chantilly, elle fait des sourires polis aux autos, et dit bonjour aux gens.

Des enfants passent en courant devant sa maison. Puis, pendant une demi-heure, rien.

Plus tôt, alors qu'elle était en train d'uriner, elle a entendu le laitier déposer la pinte et un carton d'œufs sur le perron. Sans prendre le temps de s'essuyer, elle a couru vers la porte en remontant sa culotte, pour lui ouvrir et se présenter enfin à lui en bonne et due forme, et lui faire un grand sourire de dents neuves, et peut-être le faire rentrer pour voir…, mais il était déjà dans sa camionnette, la main sur le levier, quand elle a ouvert grand la porte. De son siège, il l'a remarquée et lui a fait un petit signe courtois de la casquette avant de poursuivre sa route. Le camion de boulangerie s'en venait loin derrière. Elle trouvait au livreur de pain un air renfrogné et toutes sortes de défauts. C'était un gros qui semblait presque content quand on refusait les petits gâteaux que la compagnie l'obligeait à proposer. Elle ne se voyait pas le faire entrer, pour voir… Elle ne le trouvait pas beau. Elle a attendu qu'il laisse un pain blanc, qu'il soit reparti, hors de vue, pour sortir une chaise qu'elle a placée bien à l'ombre sur son perron.

Le camelot de *La Presse* s'approche, nonchalant, prenant le temps de monter les marches de chaque abonné pour insérer un journal roulé dans l'anse de la poignée ou dans le support de la boîte aux lettres.

— Tu passes *La Presse*?

Le garçon, d'une quinzaine d'années, a une chevelure frisée d'un blond roux, rase à la nuque et en touffe drue au-dessus du front. Il cligne des yeux et grimace contre le soleil. Il demande à la dame blonde assise à l'ombre sur son perron si elle lit *La Presse*, parce qu'il n'a que *La Presse*, il n'a pas *Le Petit Journal*, ni *La Patrie*, autrement il peut obtenir certains magazines.

— Je la lis pas mais j'ai un chien, ça me prend de la gazette.

Il s'approche d'elle et lui explique qu'il ne peut pas lui en laisser aujourd'hui; il va prendre son nom, et dans deux jours, peut-être même demain, il pourra lui laisser un exemplaire. Il passe le matin, au plus tard avant midi.

— T'as quel âge?

— Seize, dit-il après avoir hésité.

Il sort un paquet de cigarettes.

— Han! on a presque le même âge, moi je vas avoir dix-huit. Donne-moi-z-en une.

Il fait saillir quelques cigarettes de son paquet de Players en le tapotant.

— Players? Yark! s'exclame-t-elle. Je fume toujours des Matinée. Du Maurier ou Matinée. Je vas t'en prendre une pareil.

Il s'efforce de durcir son regard, garde ses épaules rentrées, pompe de grandes bouffées.

— Quoi ton nom? demande-t-elle en avalant sa fumée.

— Fernand Faffard.

Dée répète son nom et rit de bon cœur.

— Tout le monde m'appelle Beau-Blanc, j'aime mieux Beau-Blanc.

— Moi, tout le monde m'appelle Dée. Des fois Andrée... Mon vrai nom, c'est Audrey. Audrey Richer. Comme ça, tu vas venir me porter ma *Presse* demain, Beau-Blanc?

— Demain ou après-demain, répond le garçon en reprenant son sac de camelot.

Elle le regarde partir. Elle trouve que, de dos, surtout des épaules, il ressemble à Charly.

De l'autre côté de la rue, monsieur Czerwinsky la salue de la tête. Dée lui rend un sourire obligé, puis regarde ostensiblement ailleurs. Elle n'a pas envie de lui parler aujourd'hui. Elle n'a pas envie de conversations niaises sur le temps qu'il fait. Elle a envie de gens qu'elle ne connaît pas.

La matinée s'éternise. Il est presque dix heures quand Beau-Blanc s'amène. Dée le voit s'approcher en lançant une *Presse* roulée devant la maison canadienne en pierres rondes, puis en en glissant une autre dans la clôture blanche du bungalow jaune et vert. À sa vue, Dée rentre vivement dans la maison, se tapit, tout énervée, entre les rideaux pour l'observer venir vers chez elle et lui faire un numéro de grande surprise en lui ouvrant la porte. Arrivé devant le 76, Beau-Blanc passe tout droit, jette à peine un coup d'œil. Désappointée, elle ferme les rideaux d'un coup sec. Ensuite, elle émet un petit cri, jouant à celle qui est surprise. Elle recommence. Recommence.

— *Deedee my dear*, t'es en train de virer folle, se dit-elle en éclatant de rire.

Le salon est à l'envers. Un verre d'orangeade est resté collé contre le plancher de bois franc à côté du fauteuil de Sarto. Il y a de gros moutons de poussière sous le guéridon ; sous le sofa, ils sont denses comme des ouates. Le buffet croule sous la paperasse. Elle ramasse par terre une tranche de pain blanc qu'elle avait lancée à Puppy, qu'il avait traînée dans un coin, léchée un peu, puis laissée là. La journée s'achève avec des cigarettes, des cafés, le gavage du bébé, un lavage de foncé dans la cave de béton humide, le trempage des uniformes marine de Sarto, un téléphone de lui : il lui annonce qu'il ne rentrera pas en fin de semaine. Dée se plaint un peu et raccroche. Ramassant deux épingles à cheveux traînant dans la rainure d'un ourlet du sofa, elle dit tout haut : « Reste donc où t'es... Reste donc avec ton Beaulieu... »

Puppy ronge le pied du sofa.

Le lendemain, quand Dée va chercher la pinte de lait laissée sur le perron, elle ouvre la porte sur Beau-Blanc qui tient *La Presse*. Ils sursautent et rient.

— Tu m'as fait peur ! Rentre.

Beau-Blanc entre timidement en remarquant qu'il fait sombre chez elle, puis il lui dit qu'elle pourra le payer à la semaine, le vendredi ou le samedi. Dée tente d'enclencher l'axe de la poignée.

— Maudite poignée ! Elle se dévisse puis elle débarque. En plus, on voit rien…

Elle s'agenouille pour regarder le mécanisme de près et ses cheveux, à cette hauteur, frôlent la hanche de Beau-Blanc. Elle remarque qu'il bande. Elle lève la tête vers ses yeux et voit qu'il a la respiration haletante, les joues rouges. Son menton tremble légèrement.

— On dirait que t'as peur, Beau-Blanc. T'as-tu peur ?

Il fait signe que non de la tête. Elle se relève et se presse contre lui, agaceuse, frotte ses seins contre sa chemise.

— Qu'est-ce que t'as dans tes poches ?

— Des clefs… de la gomme…, répond-il, nerveux.

— Des clefs ? De la gomme pis des clefs ? On va regarder ça…, dit-elle, joueuse.

Elle glisse sa main dans la poche de son jean et tâte immédiatement sa verge raide. Elle la pince et la frotte. Après quelques expirations pesantes, le garçon tressaille comme s'il s'efforçait de contenir une convulsion.

— Faut que je m'en aille, annonce-t-il, paniqué.

— Non ! Non, reste ! supplie-t-elle.

Il sort de la maison en se parant de sa poche de journaux.

— Attends ! Reviens, on va parler !

Beau-Blanc marche vite.

Dépitée, elle garde la tête baissée, regarde le ciment de son perron, puis se retourne contre la brique, juste sous la plaque du 76 ; elle sait qu'en face, monsieur ou madame Czerwinsky regardent ou ne regardent pas, ce qui revient au même parce qu'ils sont là, quelque part, en face. Elle reste là une longue minute, la main posée sur sa maison, à se perdre un instant dans l'image des briques rugueuses.

Brusquement, possédée par une colère sans objet, elle descend les marches et entreprend de suivre à distance Beau-Blanc dans sa tournée.

Son pas est décidé.

J'aurais dû mettre mes lunettes de soleil, pense-t-elle.

Il n'est pas encore midi. Dans une entrée de garage, des enfants ont fait un tracé de marelle à la craie. Une mère ouvre brutalement la porte-moustiquaire et inspire comme pour crier le nom de ses enfants, mais à la vue de Dée, elle laisse tomber, fait une petite grimace gênée en guise de salutation, et rentre. À trois maisons devant, Beau-Blanc a ralenti. Il jette un coup d'œil derrière lui comme s'il craignait de se faire rattraper, mais il ne court plus. Les bras croisés, Dée avance lentement sur le trottoir neuf de la rue Fragonard qui contraste avec la terre battue de la voie. Elle contourne le rayon d'un arrosoir qui laisse partout des gouttes scintillantes et revient sur le trottoir en sautillant presque. Elle sourit à des fillettes qui prennent le thé avec des tasses imaginaires, assises dans le vert vibrant d'une pelouse qui a bien pris. La petite clôture blanche est immaculée, neuve. Les odeurs se succèdent, d'une maison à l'autre, gâteau chaud, steak au beurre, bouillon de poulet… Elle entend des batteurs électriques, des portes de frigidaires. Elle passe distraitement sa main sur une haie taillée dont les coins tombent droit comme un fil à plomb. Le temps est un peu frais. La lumière est violente. La lumière est toujours violente. Dans une semaine, on va être à l'automne, pense-t-elle tout à coup.

Beau-Blanc a bifurqué avenue de Vichy. Dée se lasse, abandonne, fait volte-face et rentre pesamment chez elle, revoit de nouveau la haie parfaite, un ballon de plage bleu et blanc sur l'herbe, un volant de badminton perdu dans un rosier et, de nouveau, les fillettes qui prennent un thé irréel en roucoulant des politesses.

Elle se frotte les yeux en marchant.

Elle pense qu'elle aurait dû mettre ses lunettes de soleil.

Debout au milieu de son salon, Dée lit les gros titres de *La Presse* que Beau-Blanc a laissée, puis elle en tire quatre feuilles qu'elle va étendre dans le coin du chien sur le plancher de la cuisine.

Un vendredi, Beau-Blanc lui tend, en plus de son journal, un magazine français et le *American Home* de septembre. Voyant qu'elle ne comprend pas, il les jette presque dans ses bras et s'en retourne en marmonnant qu'il ne peut pas s'attarder. Dée reste là, étonnée, avec dans les bras un magazine américain truffé de recettes à base de soupe en boîte et un autre venant de Paris où on parle des pages durant d'Utrillo, un peintre qui vient de mourir. C'est un Français qui a fait des rues de terre avec des maisons blanches, des tourelles avec des toits pointus, des lampadaires à gaz. C'est plein de gris bleu, de vieux roux, d'ocre. Dée trouve qu'il a du goût, qu'il met beaucoup d'expression dans ses peintures. Elle garde le magazine contre son cœur, cherche un endroit où le mettre et le laisse, en fin de compte, sur le buffet.

Elle gave le bébé d'une purée de banane tiède. Elle presse la poche par petits coups réguliers. Quand elle a fini, elle le laisse dans son lit avec une poignée de biscuits et referme la porte derrière elle sans bruit.

Le lundi suivant, Beau-Blanc rentre dans la maison. Dée ne parle pas. Elle s'assoit sur le coin du buffet et commence à caresser son sein en souriant. Beau-Blanc se gratte la tête, regarde autour de lui, et après une seconde d'hésitation, il empoigne le sein gauche de Dée à pleine main et se met à le palper. Sa respiration est tremblotante. Ses yeux fixent sa main, se concentrent sur son geste. Dée rit en renversant la tête et, prenant l'air amusé d'une experte, elle déboutonne le haut de sa robe, sort le sein de son soutien-gorge. Impressionné par la nudité, le garçon avale sa salive puis place sa bouche sur le mamelon brun, se met à le mâchonner des lèvres avec un rythme régulier, croyant, visiblement, que c'est comme ça qu'il faut faire.

— Mords un petit peu… c'est bon… c'est ça… suce…, soupire-t-elle.

Il s'enhardit, prend le sein à deux mains pour le rendre bien rond et le lèche à grande langue pour revenir sucer le tétin. Cambré, il sort sa verge et la frotte serrée avec hâte. Plus Dée penche la tête pour le voir faire, plus il se cambre pour cacher son geste. Il contrecarre chacun de ses efforts.

— Montre… Montre-moi…, supplie-t-elle.

Beau-Blanc chuchote un non presque fâché. Il s'affaire, comme concentré, ne voulant pas être dérangé.
Dée ferme les yeux et se contente de l'imaginer en
écoutant le frottement qui se mêle au souffle saccadé
du garçon. Elle caresse sa nuque rase et commence à
faire entendre, pour l'encourager, des plaintes miellen-
ses jusqu'à ce qu'un jet chaud coule et tiédisse sur son
genou.

Il se relève et lui tourne le dos. Il va à son sac et en
tire trois revues froissées ou un peu déchirées en expliquant qu'elles sont invendables mais quand même
bonnes. Il les place sur le buffet avec les papiers en
vrac.

— Ça, dit-il en sortant le dernier *Popular Mechanics*,
c'est une erreur. Ils arrêtent pas de le mettre dans ma
run. Personne achète ça, personne lit l'anglais. Tu peux
les garder, tant qu'il y en aura.

— Merci. As-tu le temps de prendre un café ?

Il fait signe que non en balançant son sac sur
l'épaule.

— Donne-moi au moins un bec avant de partir.

Beau-Blanc rougit quand il remarque la jambe lui-
sante de Dée. Il s'approche d'elle et place, presque
sèchement, ses lèvres sur sa joue.

— Tout un bec ! dit-elle en riant.

— Je vas revenir demain, dit-il en saisissant la poignée de porte qui se déboîte et reste dans sa main.

— Laisse faire, lui dit-elle en affectant un air d'adulte,
je vas m'en occuper. Va finir ta *run*.

Une fois seule, Dée essuie sa jambe et jette le kleenex
dans le sac de papier ciré dans un coin de la cuisine.

Après une heure à fixer, les épaules basses, la gazette du chien, elle prépare un biberon d'eau sucrée pour le bébé qui s'est énervé dans la pénombre de sa chambre.

Dans l'après-midi, Sarto passe laisser une boîte de marchandise volée et se changer. Voyant qu'il arrive seul, Dée prend un air exagérément compassé.

— Mon Dieu! Beaulieu est décédé! s'écrie-t-elle en portant les mains à son visage.

Peu d'humeur à rire, Sarto lui dit qu'il vient juste se changer. Il laisse son linge sale par terre dans la chambre. Et il repart avec un uniforme marine propre.

Le jour suivant, dès que Beau-Blanc entre, Dée l'agrippe par les épaules.

— C'est aujourd'hui que tu perds ta cerise, mon beau Beau-Blanc, lui glisse-t-elle à l'oreille.

Sans attendre, elle relève sa robe et s'assoit sur le buffet. Elle écarte les jambes et découvre son sexe déjà humide. Elle s'excite à voir l'étonnement du garçon. Il s'approche d'elle puis, devant les cuisses blanches et pleines, devant les poils abondants qui bordent les replis rosâtres, il hésite.

— Aie pas peur, je regarde pas ! dit Dée, compréhensive, en tournant la tête de côté dans le désordre des papiers, des revues, des traîneries.

Beau-Blanc profite du geste pour sortir sa verge, décalotter son bout dur et le placer contre le sexe chaud et tout moite de Dée.

— Rentre… Rentre-la…, chuchote-t-elle.

Il s'enfonce en elle et pendant qu'il lui donne des secousses du bassin, il la maintient en empoignant ses deux seins. Cinq coups du bas-ventre suffisent. Beau-Blanc s'affale sur elle et reste là dans ses pensées en soufflant dans son cou. Il se retire en prenant soin de se cacher.

— T'as-tu aimé ça? demande Dée, contente pour lui.

Beau-Blanc ne veut pas en parler. Tout de suite, il cherche des revues dans son sac.

— Celle-là, c'est moi qui la paye, lui dit-il en lui tendant un *Vogue* où figure en couverture une brunette qui fait une moue hautaine. Puis ça, poursuit-il, c'est une vieille *Patrie* pour le chien.

Avant de sortir de la maison, il revient sur ses pas et il la serre un peu gauchement dans ses bras. Il dit son nom et il se tait. Ensuite, jouant l'homme, il lui prend la tête à deux mains et l'embrasse délicatement sur la bouche.

— T'es fine, Audrey, lui dit-il en flattant de son pouce le lobe de son oreille droite, en descendant ses doigts le long de son cou.

— Merci, répond-elle un peu émue.

Une fois seule, Dée retourne au buffet pour faire de l'ordre, mais l'envie passe tout de suite. Après un moment vague où elle reste les mains à plat contre le meuble, elle se contente de ramener à l'évier de cuisine un verre de jus d'orange que Sarto avait laissé là quelques jours plus tôt.

Elle feuillette le *Vogue* en tournant les pages vite, s'arrêtant à deux ou trois photos. Elle reprend le magazine français où l'on parle d'Utrillo. Elle s'intéresse aux rues sablonneuses qu'il a faites, elle touche le dessin, détoure du doigt la ligne d'une habitation blanche, se demande si la reproduction est de grandeur réelle.

Puppy monte sur le sofa et elle le fait descendre d'une claque.

— Va-t'en!

Après avoir nourri le bébé d'une poche de pablum, elle le lange et le couche. Elle rêvasse, assise sur le sofa. La sonnerie du téléphone la saisit. Son cœur palpite, quand elle décroche le combiné. C'est sa mère qui prend des nouvelles, qui rappellera pour demander quelque chose à Sarto.

— *Everything is fine, M'ma. Everything is fine...*

À Handfield aussi, tout va bien.

Au cœur de la nuit, elle marche dans le salon, n'arrive pas à dormir. Elle tire les rideaux comme si elle arrachait un voile et regarde les maisons voisines, une à une, les mains à plat sur les vitres fraîches. Tout est fermé dehors. Personne ne veille. Elle veut sortir, marcher en pleine nuit pour sentir son soulier sur le ciment sec puis, devant la porte, elle n'ose pas.

Elle se fait un café instantané sous le robinet d'eau chaude, s'applique à le siroter, gorgée par gorgée, comme une tâche.

La maison est silencieuse. Pas un craquement.

Elle va dans le passage et se roule contre le mur, comme une fillette qui jouit de l'herbe avec son corps. Et elle reste longtemps la joue collée contre la fraîcheur du mur de plâtre à caresser les surfaces de sa main ouverte. Elle pense: «C'est à moi. Tout est à moi» et elle dit tout haut: «*I could burn down the darn house if I wanted... I could. It's mine...*» Elle roule son front contre le mur, respire fort l'odeur de sable de la peinture sèche.

Elle va à la salle de bain et, dans la même seconde, ouvre le robinet et le referme, ne se souvient plus de ce qu'elle était venue faire dans la salle de bain, reste là à toucher la céramique rose et noir, les yeux ailleurs.

Elle va voir l'enfant. Agrippée au pied du lit, dans le noir total, elle commence les premiers mots d'une berceuse, puis elle s'arrête net. Elle voulait chanter et tout de suite, elle a oublié les mots. Elle pense qu'elle a toute une nuit à traverser et qu'elle ne connaît pas de chanson. Elle peut marcher dans le salon. Elle peut regarder dehors où il n'y a personne. Elle peut rincer sa tasse sale et refaire un café.

Elle regarde le ventre du bébé monter et descendre au rythme de sa respiration. Fascinée, elle se met à chuchoter des petits mots secs, comme un tic tac d'horloge dans une maison qui dort.

— Meurs… Meurs… Meurs donc…

Le dernier jour de septembre 1956, Dée se tient loin de Sarto quand il entre dans la maison en colère. Il sacre et rage.

— Si on trouve pas ce papier-là, on est faits! dit-il.

— Tu vas le trouver, dit Beaulieu qui tente de le calmer.

Sarto fait tous les tiroirs en les claquant, puis il se met à fouiller dans l'amas de papiers sur le buffet en criant: «C'est une dompe icitte!» Il a perdu un bon de livraison que lui réclame la comptabilité de Dubuc Cartage. Derrière lui, Beaulieu lui demande où il garde ses papiers importants d'habitude.

Les bras croisés, Dée reste à l'écart, jette un coup d'œil de temps à autre vers la chambre de l'enfant. Elle porte la main à son cou et ferme les yeux, essaie de ne plus entendre les hommes au salon.

— Regarde dans les boîtes, suggère Beaulieu.

Sont pas dans les boîtes, lui renvoie-t-il.

Il se fâche, empoigne un journal qu'il lance par terre, découvrant ainsi l'édition de septembre du *Popular Mechanics*. Il reste appuyé sur le meuble à tenter de reprendre ses esprits, le regard fixé sur le magazine de bricolage.

— Dée?... Dée! appelle-t-il.

— Je suis là, répond-elle doucement.

Elle se flatte la joue, la tête dans ses pensées.

— Veux-tu ben me dire, sacrament, lui demande-t-il en brandissant le magazine, ce que tu fais avec ça? Veux-tu te mettre à réparer les chars? T'apprends-tu la plomberie en cachette?

Intrigué, Beaulieu s'approche d'elle et lui demande où elle a acheté ça.

— C'est Beau-Blanc..., dit-elle, hésitante. C'est parce que je lis en anglais, puis... c'est ça...

Pendant que Sarto ouvre les portes du buffet et continue de fouiller dans une pile de papiers, Beaulieu s'approche de Dée et l'interroge.

— Beau-Blanc? C'est qui Beau-Blanc? lui demande-t-il.

Dée se met à trembloter. Beaulieu est tout proche d'elle. Sarto lève la tête vers eux.

Le silence pèse. Les deux hommes attendent sa réponse. Puis Dée s'éclaircit la gorge.

— Beau-Blanc, c'est le p'tit gars qui livre *La Presse*. Quand je m'ennuie, il m'apporte des revues...

Beaulieu s'esclaffe puis la regarde dans les yeux en branlant la tête. Après une seconde, il dit: «Sarto, criss, réveille!» Sarto saisit le magazine français et l'écrase violemment sur le visage de Dée en lui demandant: «Qu'est-ce qu'il te livre d'autre, han? Il te livre-tu autre chose?»

— Oui! hurle-t-elle.

Elle le regarde dans les yeux et répète: «Oui!»

Sarto roule la revue et la frappe sur la tête sans arrêt, de plus en plus fort. Dée se protège de ses bras en criant. Voyant que son ami perd le contrôle, Beaulieu le saisit par-derrière.

— Arrête, tu vas la tuer, crie-t-il.

Puppy aboie en sautant sur sa cuisse pour le mordre. Sarto lui donne un coup de pied qui le fait couiner et se réfugier sous un meuble. Il jette la revue par terre et traverse le salon, va s'agripper à la console du foyer pour reprendre son souffle. Dée pleure, cache son nez qui saigne.

— T'es pas fin! T'es pas fin…, geint-elle.

Sarto explose de nouveau. Il arrache le téléphone et le lance à travers le salon.

— Laisse tomber, dit Beaulieu d'une voix calme.

— C'est pas de ma faute. Je file pas. Je me sens pas bien…, sanglote Dée.

Dans la chambre bleue, le bébé se lamente.

— Quand on file pas, on voit un docteur, pas le petit gars de *La Presse*! hurle Sarto.

— Je suis toute mélangée…

De ses doigts, Dée essuie sa morve. Beaulieu convainc Sarto de sortir de la maison.

Quand il la saisit, la poignée de porte lui reste dans la main. Il la jette par terre de toutes ses forces. Beaulieu le calme, lui dit d'attendre.

Dée reste prostrée, assise sur le plancher, adossée au mur du salon, les yeux fermés, pendant que Beaulieu cherche à replacer l'axe de la poignée.

— Il y a un tournevis sur le buffet, dit-elle en reniflant.

Beaulieu la regarde.

— Ça va plus vite, explique-t-elle. Tu rentres le tour-nevis dedans, puis tu tournes.

Beaulieu prend l'outil et ouvre la porte. Une fois les hommes sortis, le silence revient dans la maison.

Le menton barbouillé de sang qui sèche, Dée flotte dans sa paix intérieure, reste là par terre jusqu'au soir.

Le lendemain matin, Sarto entre chez lui avec la mère de Dée.

— *M'ma!* P'pa est pas venu? demande spontanément Dée, toute contente.

— *Oh please!* lui répond-elle, comme dégoûtée.

— Je lui ai tout dit, dit fermement Sarto en déposant ses clefs d'auto sur le buffet.

La mère commence une suite de remontrances pendant lesquelles Dée baisse les yeux et attend sans répondre que la tourmente passe.

— *Have you no shame?* finit-elle par demander. Dée hausse les épaules, puis se met à pleurnicher.

— Depuis…, commence-t-elle.

On l'écoute.

— Depuis le petit… Je sais pas… Je pense que je suis malade…

La mère regarde Sarto, attend sa réaction. Il finit par dire qu'il connaît bien le docteur Bachand.

— *She's no more* malade *than I am,* grommelle la mère en ôtant ses gants de chevreau.

— Je vas la faire voir par le docteur Bachand, dit-il, on verra bien.

— Je pense que je devrais le voir, *M'ma*, dit Dée. Je suis sûre que…

Elle cherche ses mots, se masse les tempes comme si elle avait un mal de tête soudain.

La mère va se servir un verre d'eau, puis fait le tour de la maison. Dée s'assoit sur le sofa, les mains sur les genoux en jeune fille sage.

— C'est de valeur que ton père soit pas venu, dit Sarto en regardant la poignée de porte branlante. Où est le tournevis ?

— Je le laisse toujours sur le buffet.

— Tu vas voir le docteur Bachand, puis…, commence Sarto.

Il ne finit pas sa phrase. Dée fait signe que oui.

La mère revient au salon en disant à Sarto que son fils est maigre. Elle n'aime pas ça. De nos jours, les bébés sont censés être gras comme sur les boîtes de savon.

— C'est vrai qu'il est pas gras gras, dit Sarto en interrogeant Dée du regard.

La mère regarde, un à un, les magazines sur le buffet. Elle en met un, deux de côté.

— Je le nourris, dit Dée. Il est maigre, c'est tout. Il est de même.

— Vous pourriez le prendre une semaine, demande Sarto à la mère de Dée.

Elle le regarde durement, sans rien dire, avec insistance. Sarto finit par soupirer : « Laissez faire… »

— *Well…*, souffle-t-elle en mirant sa coiffure dans le miroir moderne, *I'm going to wait outside, Sarto. We've got a date.*

La mère de Dée va attendre Sarto près de l'auto.

— Je lui ai promis de l'emmener dîner, dit Sarto en se levant.

En fermant le rideau du salon, Dée voit sa mère, dans son manteau de mouton rasé, deux magazines roulés sous le bras, en train de jaser avec une voisine qui pousse un landau. Après avoir chatouillé le menton du nourrisson, elle place ses cheveux roux et gris avec sa main gantée. Elle semble légère. On dirait qu'elle parle de l'automne qui s'annonce.

Quand le soir tombe, Dée fume, assise sur une marche de son perron. Elle regarde un trou séché dans son gazon. En face, monsieur Czerwinsky raconte ses projets de platebande à sa fille qui lui tient le bras. Il envoie la main à Dée, lui fait signe de venir les retrouver. Dée décline en forçant un sourire, en murmurant «Je peux pas, je suis malade.» Elle s'empêche de rire à cette pensée. Demain, elle a rendez-vous avec le docteur Bachand.

— Doc, dit-elle, rêveuse.

La nuit tombe et Dée reste là comme si elle avait décidé d'y passer la nuit, malgré la fraîche. Elle a un œil enflé, le nez irrité de s'être trop mouché.

Les nouveaux lampadaires découpent d'une ombre nette les couvercles de fonte bien calés sur les bouches d'égout qui sortent du niveau de la rue. L'asphalte ne devrait pas tarder. La rue Fragonard sera bien noire et les trottoirs auront la blancheur d'une craie. Le Domaine Chantilly sera beau comme une image.

Un crapaud bouge. C'est comme une petite motte de glaise qui se serait animée avec la nuit. L'animal saute dans un terrain couvert de rosettes de pissenlits. Il va en direction de Dée. Elle tend la main, tente de l'attirer avec des petits clics de langue.

— Crapaud, crapaud…, chuchote-t-elle.

Le crapaud bouge de nouveau. Ravie, Dée renifle, essuie son nez et sourit.

Berceuse

Sur la table de chevet de Dée, il y a un verre large, ordinaire, avec, au fond de l'eau tiède, deux dentiers rose et blanc couverts de bulles d'air infimes. De part et d'autre, deux flacons de pilules : un avec des comprimés roses traversés d'un trait en diagonale, l'autre avec des comprimés blancs, ronds, tout petits. L'étiquette porte le logo de la Pharmacie Viau, le nom du docteur Bachand et l'ordonnance est dactylographiée. La poussière couvre uniformément la petite table comme une pellicule de cendre fine. Des traces de doigts luisent, dessinent un cercle propre, une croix propre. Un rayon de soleil passe dans un trou du store et anime les poussières qui poudroient dans l'air. Le rayon traverse droitement la pénombre de la chambre, du store toilé jusqu'à un bas de nylon roulé en beigne qu'on a jeté là contre la plinthe.

Dée dort comme une ourse. La bouche entrouverte, les lèvres sèches, quelques boutons d'acné autour du menton croûtés d'une pommade chair, appliquée la veille. Un bras mou tombant du lit, l'autre enfoui sous son ventre.

Sa respiration est pesante, espacée, et ressemble à des soupirs.

Un petit garçon de quatre ans en pyjama bleu ciel entre dans la chambre et, avec mille précautions, brasse son épaule. Il contient difficilement son agitation.

— Moman, moman, chuchote-t-il, y a quelqu'un qui cogne… Moman…

Elle a toute la peine du monde à déciller une paupière.

— Laisse-moé dormir. Faut je dorme… faut je dorme… Elle expire ses phrases.

— Y a quelqu'un qui cogne à porte, répète le petit garçon.

Il court au salon, saisit un tournevis par la tige et le rapporte à sa mère. Il lui tend le manche de bois rouge.

— Vite, il va s'en aller.

— Va leur dire de s'en aller. Dis-leur que ta mère est malade.

Cette fois, elle entend clairement les jointures fortes frapper contre la porte d'entrée. Trois coups secs, impatients. Puppy jappe, hurle.

Dée geint, le visage planté dans son oreiller affaissé. Elle se verse sur le côté et, dans un effort immense, se redresse, passe sa main dans ses cheveux. Elle frotte ses yeux, se décrotte les cils avec son petit doigt. L'enfant ne reste pas en place.

— Vite! chuchote-t-il.

Irritée, Dée le regarde durement.

— Va faire taire le chien!

On frappe de nouveau à la porte. Elle replace la bretelle de sa camisole et titube jusqu'à la porte d'entrée, s'appuyant en chemin aux murs du passage. «Ça peut pas être Sarto, se dit-elle. Sarto a ses clefs. C'est pas Sarto.» Le front appuyé contre la porte fraîche, elle reprend son souffle un instant. Elle sursaute quand, soudainement, on frappe de nouveau. Son cœur se débat et elle se met à trembler. On entend : « Madame Richer ? » C'est la voix de monsieur Czerwinsky.

— Qu'est-ce qu'il veut encore, lui…, marmonne-t-elle. C'est-tu toi qui a pris le tournevis ?

Le garçon lui tend l'outil et court attraper le chien par le museau. Dée insère la tige dans le trou de la porte et joue un peu jusqu'à ce que la pointe actionne le mécanisme du pêne. Elle entrouvre la porte.

La lumière de juillet est dure. Le bleu du ciel est violent. Dée ne laisse pas plus d'un pouce d'ouverture, respire lentement, le front appuyé contre son poing. Elle ne regarde pas monsieur Czerwinsky, elle endure sa voix qui débite des récriminations. Le terrain de Dée est couvert de pissenlits, ça prolifère, ça infeste les terrains voisins ; personne n'en vient à bout. Passe encore que son parterre soit troué de zones sèches, que ses buttes virent en chiendent, mais elle doit absolument s'occuper de la mauvaise herbe qui monte en graines. Il pointe du doigt la verdure qui grimpe, qui va finir par crevasser son solage, ajoute-t-il en regardant des faucheux courir sur la brique.

— Et ça, dit-il découragé, en se penchant pour tirer sur une tige de chicorée sauvage qui rejoint presque l'allège des fenêtres.

Deux maisons plus loin, les cheveux mouillés, des enfants en maillots de bain traversent la rue en sautillant sur l'asphalte brûlante.

Dée referme les yeux, pense au sommeil qu'elle a dû abandonner, qu'elle regagnera dès que Czerwinsky aura fini ses remontrances, pense qu'elle était bien dans son lit, qu'elle ne dérangeait personne. Dès qu'elle aura refermé la porte, elle donnera un verre de lait à l'enfant pour le calmer, et retournera dans ses draps, retrouver sa paix douillette.

— Madame Richer, supplie monsieur Czerwinsky, il faut manger. Madame Richer…

Dée lève la tête et voit le visage ébahi de son voisin qui regarde les os saillant de ses poignets, de ses coudes, de ses épaules. Ses joues creuses. Ses genoux comme des enflures râpeuses sur une tige. Dans son absence, Dée a ouvert la porte plus grand et lui a dévoilé sa maigreur.

— *See a doctor*, lui dit-il, *that, you can understand*.

— Pouvez-vous me donner mon lait, monsieur Czerwinsky?

Il ramasse la bouteille et la lui donne.

— Faut que j'aille. Bye.

Monsieur Czerwinsky baisse les bras. Elle referme la porte doucement, pose le tournevis sur la console sous le miroir moderne.

Le petit garçon est assis par terre avec le chien qu'il muselle de ses deux mains.

— Tu peux le lâcher.

Puppy étouffe un petit jappement et retourne dormir dans son coin, à côté du journal durci.

— Je vas te donner un verre de lait… je veux que tu le boives… Après ça, faut que je retourne me coucher.

La bouteille a tiédi au soleil, mais le lait est encore buvable. Dée en verse un verre qu'elle tend au petit garçon.

— Bois.

La vaisselle sale déborde de l'évier, rend des odeurs tantôt ferreuses, tantôt rances. Dans un coin, derrière des assiettes sales, une pinte de lait a tourné, le gras blanc flottant comme une éponge au-dessus d'une eau trouble. Par terre, les ordures ont traversé le sac de papier ciré, et ont fini par gagner, avec le temps, le bas du mur qui se délite à force d'humidité. Dans ce coin-là se dégage une odeur de faisandage, pénétrante. La gazette du chien est une croûte raide d'un ocre foncé, sillonnée des sels de l'urine.

— *What a dump!* Comment Bette Davis disait ça donc? *Whhhat a dump!*

Croyant qu'il y a jeu, l'enfant répète: «*What a dump!*» et Dée se retourne vers lui, surprise. Elle reste là à le considérer, comme si elle s'était crue seule et que l'enfant était entré dans la pièce à son insu.

— Moman va retourner se coucher, dit-elle doucement.

Dée retourne à son lit. La pénombre de sa chambre est enveloppante. Elle pose un comprimé blanc sur sa langue, le frotte contre son palais, l'avale avec sa salive et pense que demain elle va faire un gros ménage, mettre de l'ordre dans la cuisine, de l'ordre dans le salon...

— Qu'est-ce tu fais? miaule l'enfant en poussant la porte de la chambre.

— Je me couche.

Elle s'abrie en expirant tout son saoul. Elle a envie de vomir, mais elle se reprend et se retourne vers l'enfant.

— Viens dormir avec *mommy*.

L'enfant se précipite sous les couvertures.

— On dort en cuiller? demande-t-il.

— C'est ça, on dort en cuiller. Faut que tu arrêtes de bouger par exemple.

Dée enlace son fils, colle son nez contre sa nuque rase, trouve que ça sent le miel, une sorte de miel, et ne bouge plus.

La maison est silencieuse. Parfois, comme des ronds dans l'étang, les ongles de Puppy crépitent sur le bois franc du salon, trottent jusqu'à un coussin.

Sous le bras osseux de sa mère, le petit garçon examine le jeu des poussières qui virevoltent dans le fin rayon de jour qui perce le store. Il est inerte. Il sait que dès qu'il remuera ne serait-ce que le coude, ne serait-ce qu'un mouvement trop grand des côtes quand il respire ou un bruit dans son estomac, Dée montrera son agacement par un claquement de langue, un grognement. Il joue à ne plus bouger le plus longtemps possible, à être mort à la suite d'un duel élégant, d'une attaque iroquoise, d'une guerre en costume de camouflage. Il joue à retenir son souffle, les yeux grand ouverts, jusqu'à ce qu'un détachement de soldats kaki le trouve.

— Dors…, susurre-t-elle.

Après un moment, Dée ronfle légèrement, cale dans ses images à elle, ses rêves radieux. Elle a douze ou treize ans. Elle fleure la vanille et ses cheveux sont parfaitement nattés. Elle enjambe une clôture de perches vétuste et dévale une côte dans la campagne de Handfield, précédée d'un collie au poitrail brossé qui gambade fidèlement devant elle, plongeant bientôt dans un champ d'orge blond et soyeux. Sa main remonte la chemise bleu ciel de l'enfant et se pose sur son petit ventre glabre et moite. Puis sa main descend sous le caleçon et saisit son prépuce, le frotte mollement entre ses doigts, pour enfin garder dans son poing un peu lâche, le pénis du petit.

Le petit garçon respire de façon à ce que ses côtes bougent le moins possible. Son estomac ne fait pas de bruit. Il garde les yeux fixés sur les dentiers au fond du verre d'eau, fasciné par les bulles d'air toutes minuscules qui restent collées entre les dents, contre le plastique rose des gencives, contre les parois du verre. Quand ils se lèveront pour déjeuner, pense-t-il, il secouera le verre et toutes les petites bulles se libéreront, ça fera comme du seven-up qui pétille, et la journée va commencer. On déjeunera avec du jus d'orange et des céréales avec de la cassonade. Dans cet ordre-là.

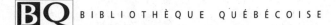

Achevé d'imprimer
en octobre deux mille dix, sur les presses
de l'imprimerie Gauvin, Gatineau, Québec